Llinyn Trôns

I Naomi, Leah, Ceri a Daniel

Llinyn Trôns

Bethan Gwanas

y Lolfa

Argraffiad cyntaf: 2000
Wythfed argraffiad: 2018

Clawr: Catrin Meirion Jones

Rhif Llyfr Rhyngwladol: 0 86243 520 X

Cyhoeddwyd yng Nghymru ac argraffwyd
ar bapur o goedwigoedd cynaladwy gan
Y Lolfa Cyf., Talybont, Ceredigion SY24 5HE
e-bost ylolfa@ylolfa.com
gwefan www.ylolfa.com
ffôn 01970 832 304
ffacs 832 782

Pennod 1

DW I'M ISIO MYND, fwy na chic yn fy nhin. Mi fysai'n well gen i roi 'mhen mewn llond bwced o falwod am awr. Mi fyddai bwyta brocoli drwy'r dydd bob dydd am weddill fy oes yn llai o uffern. Ond does gen i ddim dewis nac oes, mae Hitler wedi deud yn do?

Dad ydi Hitler. A does 'na neb byth yn gallu newid ei feddwl o unwaith y bydd o wedi penderfynu ar rwbath. Mae Merfyn, fy mrawd mawr perffaith, chwe troedfedd, gwallt melyn, dim plorod, 'A' yn bob diawl o bob dim, 46 gôl tymor dwytha a record y 100 medr, yn gallu ei droi o weithiau ond does gen i ddim gobaith tortois yn Ras yr Wyddfa.

Mae Dad yn fy nghasáu i. Dw i'n rhy fyr, rhy denau, rhy wan a rhy ddiog at ei ddant o. Fo ddechreuodd fy ngalw i'n 'Llinyn Trôns'. Neis 'de? Mae tadau pawb arall yn stido unrhyw un sy'n galw'u plant yn enwau, ond fy nhad fy hun ddechreuodd arna i! Mi sticiodd yr enw yn yr ysgol gynradd wedi iddo fo weiddi arna i am ddod yn ola yn y ras wy ar lwy, a 'Llion Jones Llinyn Trôns' ydw i byth, a finnau'n 16 rŵan. Tydi o'n gneud dim i'n *street cred* i, a pha hogan sy'n llawn llathen fyddai'n mynd allan efo boi efo enw fel 'na?

Felly ar Dad mae'r bai 'mod i'n foi tawel. 'Tasai fo

wedi cau'i geg, does wbod sut foi fyswn i. Mr Poblogaidd a'r genod yn cwffio drosta i. Athrawon yn glafoerio drosta i wrth anwybyddu'r goedwig o ddwylo yn yr awyr, a gofyn i mi, cyn neb arall, be ydi ateb y cwestiwn, yn lle methu cofio pwy ydw i ar noson rieni.

Ond dyna fo, hogyn tawel ydw i, yn hapus efo 'nghwmni fy hun a'r cyfrifiadur, a dw i ddim isio mynd ar y blydi cwrs tridiau 'ma i ryw gwt oer ar ben ryw fynydd ynghanol nunlle i 'neud rhyw giamocs 'awyr agored'. Syniad coc os buodd 'na un erioed. Syniad y snichyn athro chwaraeon, Mr Tecwyn Jones yn ei wyneb, Tecs Pecs yn ei gefn. Ond mae'n siŵr ei fod o'n gwbod yn iawn be rydan ni'n ei alw fo, ac wrth ei fodd efo'r enw, debyg. Mae ganddo fo gorff fel tarw ar steroids, yn lympiau mawr yn y llefydd rhyfedda. A wastad yn gwisgo dim byd ond fest dros ei mega *chest*, hyd yn oed pan fydd hi'n bwrw eira. Y fo gafodd y syniad o fynd â phawb ym Mlwyddyn 11, gan ein bod ni i gyd yn nacyrd ar ôl y fflipin TGAUs, am dro i ryw ganolfan awyr agored ar gwrs 'adeiladu cymeriad'. Adeiladu cymeriad o ddiawl! Hanner ein lladd ni debyca, rhyw ganwio a dringo a lol fel 'na, ac yn waeth na dim, dim blydi teledu am dri diwrnod cyfa! Mi fydda i wedi mynd yn boncyrs.

Ond y peth gwaetha un ydi fod canlyniadau'r fflipin TGAUs yn cyrraedd tra byddan ni dal yno. Grêt, mi fydd Gags wedi cael o leia deg A, a Dei mae'n siŵr, ac yn ei lordio hi o gwmpas lle, ac mi fydda i'n lwcus i basio unrhyw beth. Nid 'mod i'n 'thic', dw i

jest ddim ar fy ngorau mewn arholiadau. O wel, rhy
hwyr rŵan.

Dyma ni, mae'r bws yn cyrraedd. Cronc o beth, a
Tecs Pecs yn gwenu fel giât ar 'E' wrth y llyw. Mae'r
lleill yn rhedeg i fod y cynta ar y bws. Maen nhw'n
pathetic – dim ond bws mini ydi o. O wel, waeth i
mi fynd ddim, cyn i Mam anghofio faint ydi'n oed i
a rhoi sws i mi o flaen pawb. Ha! Mae Dei Dwy
Dunnall newydd gael un gan ei fam o! Uffar o un
hir, wlyb, damia hi. Mi fysai gen i gywilydd. Reit, ta
ta dre a siopa a teli, dw i ar fy ffordd i uffern. Does
'na ddim troi'n ôl rŵan.

*

"Ga i ista yn fan 'ma?" Llais Dei Dwy Dunnall.
Does gen i fawr o ddewis, does 'na'm sêt arall ar ôl.

"Cei."

Mae o'n anferth, fel rhyw *blancmange* mawr, ac
yn fy ngwasgu i yn erbyn y ffenest. Mi fydda i wedi
mygu toc. Os awn ni rownd cornel, mi fydd o wedi
torri'n asennau i, garantîd. Os cawn ni ddamwain,
fydd 'na'm byd ar ôl ohona i, dim ond crempog goch
o waed a gyts ac ambell splintar o asgwrn a dannedd.

"Lwcus dy fod ti mor denau 'de, Llinyn Trôns!
'Dach chi'ch dau'n ffitio'n lyfli fan 'na. *Little and Large*
– ha ha!" meddai Mr Hilêriys, Nobi, y tu ôl i ni.

Gas gen i Nobi, mae o'n rîal coc oen. Meddwl ei
fod o'n 'it' oherwydd ei fod o yn y tîm pêl-droed, ond
fedar o'm chwarae, does ganddo fo'm sgiliau go iawn,
jest chwarae'n fudur mae o. Rhedeg trwy bawb efo'i

beneliniau allan, a Tecs Pecs byth yn ei chwythu i
fyny. Mae o licio 'chwarae ymosodol' meddai fo. Tydi
Nobi'n gneud dim byd ond ymosod ar bawb, yn
enwedig pobol lai na fo, a gan ei fod o'n sics ffwtar,
mae hynna'n dipyn golew o bobol. Dw i'n ei chael hi
ganddo fo reit aml, bron mor aml â Dei Dwy Dunnall.
Ond tydi Dei ddim yn cymryd llawer o sylw ohono
fo, jest yn stwffio'i wyneb efo Mars bar arall neu dri.

"Pryd byddan ni yna, syr?" Llais secsi Gwenan.

Mae hi'n *babe*. Stoncar, stynar, pishyn, rheina i
gyd. Mae pawb yn ei ffansïo hi, hyd yn oed yr
athrawon, ac mae hi'n gwbod hynny. Mae hi'n cael
'A' yn bob dim, bron, er ei bod hi'n cael marciau
anobeithiol yn maths. Tydi hi fawr gwell yn y pynciau
eraill 'chwaith, ond mae hi'n ddel, felly tydi o'm o
bwys. Dw i'm yn dallt pam fod yr athrawesau yn
rhoi graddau da iddi hefyd 'chwaith. Dim ond yr
athrawes Saesneg sy'n rhoi 'B' iddi, ond mae honno'n
hen snotan sych efo wyneb fel pen-ôl dafad wedi
bod mewn sment micsar. Mae Gwenan yn cael A*
gen i beth bynnag. Nid ei bod hi'n sylwi arna i, ond
dw i'n sylwi arni hi. Argol fawr, ydw. Mae ganddi
siâp hollol ffantastic, coesau sy'n mynd 'mlaen am
byth a brestiau perffaith. Dw i wedi breuddwydio
am y brestiau 'na fwy nag unwaith. Wel, llwyth o
weithiau a deud y gwir. Ond beryg mai dim ond
breuddwyd fydd hi, mae hi'n mynd allan efo Gags.

Gags – Mr blydi Perffaith arall. Digon i godi cyfog
ar rywun. Mae o'n foi smart, tal efo *six-pack*. Ac yn
waeth na hynny, mae o'n beniog hefyd, damia fo, ac
yn gapten pob diawl o bob dim, y tîm rygbi, pêl-

droed a chriced. Piwc piwc. Ac mae gan ei rieni o domen o bres. 'Tasai fo'm yn foi mor glên, 'swn i'n ei gasáu o.

Dw i'n bôrd yn barod. Ac mae Dei yn drewi, ac mae ei benelin o'n bobman.

"Dei – ti'n meindio?"

"Meindio be?"

"Ga i anadlu plis? Mae'n *lungs* i angen lle i agor 'chydig."

"Sori. Ddim fy mai i ydi o os ydi'r seti 'ma wedi cael eu gneud ar gyfer corachod, naci? Ysgyfaint ti'n 'feddwl gyda llaw."

Peth arall am Dei. Mae o'n cywiro Cymraeg pawb o hyd.

Mae 'na giglan mawr yn dod o'r cefn, lle mae Gwenan a Gags yn snogian a chwarae o gwmpas. Gas gen i feddwl be maen nhw'n 'neud. Dw i'n meddwl y gwna i jest gau fy llygaid i weld os galla i gysgu rywfaint. Ga i fawr o sgwrs efo Dei, tydi o'n gneud dim byd ond bwyta – a 'nghywiro i.

Pennod 2

Diwedd noson un a dw i dal yn fyw, ond dim ond jest. Dw i yn fy ngwely, a dw i'n flin. Uffernol o flin.

Ro'n i'n meindio 'musnes gynnau, yn brwsho 'nannedd yn y stafell molchi sydd fel rhywbeth allan o Alcatraz, pan ddaeth Nobi a Gags o rywle, a 'nghodi fi oddi ar y llawr a mynd â fi i mewn i'r lle chwech. Roeddan nhw'n piso chwerthin a finnau'n gweiddi, ac yn gneud fy ngorau glas i gicio a dyrnu. Ond mae Nobi'n hen ddiawl cry – allwn i'm symud. Mi gododd fi gerfydd fy nghoesau, tra oedd Gags yn dal fy mreichiau i, a gwthio 'mhen i i lawr y pan. Ro'n i isio chwydu. Roedd yr oglau yn afiach, ac wedyn dyma nhw'n tynnu'r tsiaen. Ro'n i wir yn meddwl 'mod i'n mynd i foddi. Dyna eiliadau hira fy mywyd i, a fyswn i'm yn dymuno'r profiad yna ar fy ngelyn penna i. Roedd o'n … fedra i mo'i ddisgrifio fo. Ac wedyn, pan 'naethon nhw 'ngollwng i a'i miglo hi dan chwerthin fel *hyenas*, mi 'nes i wylltio. Fydda i'm yn gwylltio'n aml. Dw i'n tueddu i gadw pob dim i mewn, ond bob hyn a hyn, mi fydda i'n ffrwydro ac yn mynd yn hollol boncyrs, wallgo bost, ac yn ffustio pob dim o fewn cyrraedd. Dw i'm wedi gneud hynna o flaen y criw ysgol eto, ddim ers i mi roi llygad ddu i Mandy Jones yn yr ysgol gynradd. Dw i'n tueddu i gadw'n act Vesuvius i 'nghartre, a byth o flaen Dad. Mae o'n waeth na fi.

Ta waeth, mae sêt y toilet 'na yn ddarnau rŵan, a'r papur bog dros y lle i gyd. Mi ddylwn i glirio'r llanast mae'n siŵr, ond stwffio fo.

Mae'r gwely 'ma fatha concrit. 'Swn i'n deud bod y matras yma er pan gafodd y lle ei adeiladu ddau gan mlynedd yn ôl. Mae 'na spring yn tyllu 'nhin i. Ac mae'r llofft fel bocs, does 'na'm lle i chwifio hosan heb sôn am gath. Mae 'na bedwar ohonon ni yma: fi, Dei, Alun a Jason. Mae'r 'A crowd' drws nesa: Gags, Nobi a'r criw. Maen nhw'n dal i chwerthin, bastads, ti'n gallu clywed pob dim trwy'r waliau 'ma. Dw i'n mynd i gael gwersi Kung Fu neu karate neu rwbath pan fydd hwn drosodd. Dw i'n ysu am gael rhoi *karate chop* reit yn nhrwyn Nobi, nes mae o'n fflatnar ac yn beichio crio wrth fy nhraed i ac yn sgrechian am faddeuant. A Gags hefyd. Dw i'm yn dallt pam ei fod yntau wedi penderfynu pigo arna i. Ond fel hyn bydd hi rŵan, beryg. Tridiau o uffern.

O leia tydan ni ddim mewn cwt. Mae o'n fwy o blasdy, anferth o le, wedi cael ei addasu yn *dormitories* bach i fyny grisiau. Ac mae 'na ryw fath o wres yma, ond mae'r system yn hen fel cant, a dw i'n blydi fferru. Gawson ni'n hel i mewn fatha defaid pan gyrhaeddon ni, a'n rhannu i'r llofftydd fesul pedwar. Wedyn gawson ni swper. Roedd o'n afiach. Rhyw fath o stiw efo lympiau o rwbath oedd i fod yn gig ynddo fo. Ond roedd y pwdin yn ocê, 'blaw bod 'na UFOs yn y cwstard.

Wedyn, ar ôl 'gair o groeso' gan Roger, y boi sy'n

rhedeg y lle 'ma ac sy'n edrych fel dyn **SAS** a dwylo fel rhawiau ganddo fo, gawson ni'n rhannu yn grwpiau o chwech. Y chwech fydd efo'i gilydd ar gyfer y gweithgareddau bob munud o'r penwythnos. A dw i'n dal ddim yn credu fy ngrŵp i. Mae gan rywun yn rhywle uffar o synnwyr digrifwch od, a Tecs blydi Pecs ydi hwnnw, mi fetia i fy Applemac. Y pump sydd efo fi ydi Dei, Nobi, Gags, Gwenan (dw i'm yn meindio'r darn yna) ac Olwen, rhyw hen snoten fach sy yn ein dosbarth ni. Grêt. Blydi grêt. Roedd llygaid Nobi'n troi yn 'i ben o, roedd o gymaint wrth 'i fodd.

"Wel, Llinyn Trôns! 'Dwyt ti'n foi lwcus yn cael bod yn ein tîm ni!"

Wnes i'm trafferthu ateb.

"Ond well i ti blydi cadw i fyny efo ni, reit? Fedran ni'm diodde twats bach rhechlyd sy ddim yn tynnu'u pwysau yn y tîm yma." Mi drodd at Dei wedyn a rhoi pinsiad gas iddo fo yn ei ochor. "A tithau 'fyd, ffatso. Os byddi di'n cachu allan ar unrhyw beth, gei di stîd. A dw i'n ei feddwl o."

Roedd Gwenan law yn llaw efo Gags, sy'n beth braidd yn bwfflyd i'w 'neud, ond fysai neb byth yn tynnu ar Gags.

"Gad lonydd iddyn nhw, Nobi," meddai fo. "Gwaith tîm fydd o cofia. Ti'm yn rhoi cic i dy gôli di cyn y gêm wyt ti?"

"Fyswn i byth yn rhoi un o'r ploncars yma yn gôl i ddechrau cychwyn!"

Roedd Gwenan ac Olwen yn chwerthin ar hynna. Sut maen nhw'n gallu meddwl bod Nobi'n ddigri,

dw i ddim yn gwbod. Ond fel 'na mae genod yn de –
od. 'Tasai gen i chwaer ella y byswn i'n eu dallt nhw'n
well. Mae gen i gyfnither ond tydi hi 'mond yn
chwech oed felly tydi hi ddim help. Dim byd ond
niwsans deud gwir.

*

"Helô, Donna ydw i, a fi fydd efo'r tîm yma am y
penwythnos."

Dyma bawb yn troi i sbio arni. Waw, roedd hi'r
un ffunud â honna efo gwallt hir melyn yn y
Gladiators erstalwm, dim ond ei bod hi mewn
leggings tyn du a top *fleece* mawr piws. Ond roeddet
ti'n gallu gweld siâp y cyhyrau yn ei choesau hi
drwy'r *leggings*.

"Be? Chi ydi'n *instructor* ni?" holodd Nobi, fel 'tase
fo'm yn credu'r peth.

"Ia. Hyfforddwr, cynorthwyydd, be bynnag."

"Chi?" holodd Gags wedyn. "Chi sy'n mynd i'n
dysgu ni i ganwio a dringo?"

"Ia, pam? 'Dach chi'm yn edrych yn hapus iawn
am y peth. Be sy?"

Edrychodd Nobi a Gags ar ei gilydd am eiliad, ac
roedd Nobi yn edrych fel 'tasai fo ar fin deud
rhwbath, ond mi dorrodd Gags ar ei draws o.

"Dim byd. Dim byd o gwbl. Jest synnu mai merch
ydach chi."

Roedd y timau eraill i gyd yn gwrando'n astud ar
eu hyfforddwyr nhw – dynion bob un. Dynion tal,
cry, efo wynebau fel Tryfan, yn lliw haul a chrychau

13

difyr i gyd. Roedd Donna yn edrych fel un ohonan ni.

"Ti'm yn meddwl bod merch yn gallu gneud pethau fel 'na?"

"Dw i'm yn deud hynny..."

"Dw i'n falch! Peidiwch â phoeni, dw i cystal â rhai 'cw i gyd. Mi fyddwch chi'n ddigon diogel efo fi. Reit, be ydi'ch enwau chi i mi gael dod i'ch nabod chi? Mi fyddan ni i gyd wedi dod i nabod ein gilydd yn arbennig o dda erbyn diwedd y cwrs!"

Aethon ni drwy'r rigmarôl deud enwau jest yr unwaith, ac roedd hi'n cofio enw pawb yn syth. Roedd ganddi lygaid brown, cynnes a 'nath hi wenu'n lyfli arna i. Ond wedyn mi 'nath hi sôn be fydden ni'n 'neud fory, ac wedyn do'n i ddim mor siŵr os o'n i'n 'i licio hi. Cerdded i fyny blydi mynydd. Waw.

Wedyn, i 'neud pethau'n waeth, mi 'nath hi ddeud wrthan ni i feddwl yn galed am be oeddan ni fel unigolion yn gobeithio'i gael allan o'r tridiau 'ma. A hyd yn oed yn waeth na hynny, mi 'nath hi rannu dalennau o bapur A4 i ni a deud wrthan ni am sgwennu arnyn nhw be oeddan ni'n 'feddwl, a'u rhoi i mewn iddi hi wedyn!

"Be?" Doedd Nobi ddim yn swnio'n rhy hapus. "Gwaith ysgol?"

"Fflipin hec," cwynodd Gwenan. "O'n i'n meddwl na fyswn i'n gorfod sgwennu traethawd byth eto. Ti'm yn siriys?"

"Ydw, hollol o ddifri," gwenodd Donna. "Jest rhyw baragraff bach 'neith y tro."

"Be? Sgwennu rhwbath am be 'dan ni'n gobeithio'i ddysgu 'lly?" gofynnodd Gags.

"Ia, am eich hunain, eich gilydd, y byd o'ch cwmpas chi – unrhyw beth!"

Edrychodd pawb ar ei gilydd, a dyma Dei'n dechrau sgwennu'n syth.

"Ydi o'n mynd i fod yn breifat?" holais i. Doedd gen i ddim llwchyn o awydd darllen rhwbath fel hyn allan o flaen pawb fel 'dan ni'n gorfod gwneud dragwyddol mewn gwersi Saesneg a Chymraeg. Ac o'n i isio gwbod os oeddan ni'n cael deud y gwir 'ta jest malu cachu, y stwff mae athrawon isio i ti sgwennu.

"Ydi, felly gewch chi fod yn hollol onest," atebodd Donna. "Mi fydda i'n eu rhoi nhw yn y ffeil 'ma, yn hollol ddiogel, a dw i'n addo na fydda i'n sbio arnyn nhw – a fydda i ddim yn gneud i chi ddarllen darnau eich gilydd na dim byd felly. Gewch chi sbio drostyn nhw – yn breifat – ar ddiwedd y cwrs i weld sut hwyl byddwch chi wedi'i gael ar wireddu'ch gobeithion."

"Gwireddu'ch gobeithion?" chwarddodd Gwenan. "Be uffar 'di hynna yn Gymraeg?"

Felly mi fuon ni'n sgriblo am ryw bum munud. Wel, dau yn achos Nobi, a phymtheg yn achos Dei. Mi wnes i drio sbio i weld be roedd Dei yn ei sgwennu, ond mi drodd ei gefn ata i. Dyma be sgwennais i: 'Dw i'n gobeithio gallu mynd adre mewn un darn, heb 'neud gormod o prat ohonof fi'n hun. Ac na fydd o'n ormod o hunllef, ac y gwnaiff Nobi foddi, y torith Gags ei drwyn a Tecs Pecs ei goes." Mi wnes i feddwl ychwanegu: 'Ac y bydd Gwenan yn dympio Gags ac yn copio off efo fi' ond doedd gen i'm ffydd yn y lle 'ma o gwbl, garantîd y bysai 'na rywun yn ei ddarllen o ac yn cael hwyl ar fy mhen i. Dw i'm yn hollol ddwl.

"Iawn? Pawb wedi gorffen?" gofynnodd Donna, a dechrau hel y papurau mewn ffeil. "Wela i chi 'fory 'ta. Brecwast am saith!"

"Saith?" medda fi.

"Ia, ti isio i mi dy ddeffro di?

"Nac oes! Mi fydda i'n iawn!" Do'n i ddim am iddi hi 'ngweld i yn fy mhyjamas, dim ffiars o beryg.

*

Felly 'fory, wedi codi efo'r wawr, rydan ni'n cerdded i fyny rhyw bali mynydd, er ei bod hi'n addo glaw, ac wedyn rydan ni'n gorfod canwio ar y llyn. Roedd 'na bobol yn pysgota yno heno, pan aethon ni heibio yn y bws, felly gas gen i feddwl sut bysgod sy 'ma. Slywod a *pikes*, garantîd. Hec, mae gan y pethau yna ddannedd fatha crocodeils. Enw hurt sydd arnyn nhw yn Gymraeg – penhwyad. Tydyn nhw'm byd tebyg i blydi hwyaid. Pen-crocs debycach.

Dw i ddim yn edrych ymlaen o gwbl. A duw a ŵyr sut dw i i fod i allu cysgu efo Alun yn chwyrnu fatha arth efo annwyd a Dei'n rhechan oddi tana i bob dau funud.

Dw i isio mynd adra!

Pennod 3

Mi ddechreuodd heddiw fel hunllef. Dyna lle'r o'n i'n cael *jacuzzi* efo Pamela Anderson, Cerys Mathews a Gwenan, a'r dair ohonyn nhw wrthi'n tynnu topiau eu bicinis, pan ges i'n styrbio gan Dei yn rhoi bloedd.

"Mae hi'n hanner awr wedi chwech, hogiau!"

A dyma fi'n deffro i'r oglau ofnadwy 'ma o sanau budron, *trainers* chwyslyd a chwmwl o'r nwy roedd Dei wedi ei ollwng drwy gydol y nos. Wedyn dyma fi'n dechrau sylweddoli 'mod i'n teimlo'n rhyfedd ... roedd o'n rhwbath nad o'n i wedi'i deimlo ers blynyddoedd maith. Roedd fy mhen-ôl i'n wlyb, a 'mhyjamas i'n glynu wrth fy nghroen i. Doedd bosib 'mod i wedi chwysu, roedd y stafell yn rhy oer i hynny.

"Ty'd 'laen, Trôns, neu fydd na'm brecwast ar ôl," meddai Dei oedd yn gwasgu'i hun i mewn i'w drowsus erbyn hyn. (Diolch byth, tydi Dei Dwy Dunnall mewn trôns ddim yn olygfa rhy braf peth cynta yn y bore.)

"Yn munud," medda fi, gan gogio bod yn gysglyd. Sut gallwn i godi? Ro'n i mewn twll go iawn. Does bosib 'mod i wedi ...? Ond mi ro'n i wedi bod yn breuddwydio am ddŵr, ac mi fyddai'r cwmni yn y *jacuzzi* wedi cynhyrfu unrhyw un. Ro'n i isio crio.

O'r diwedd, mi aeth Dei i lawr am frecwast, ac aeth Alun a Jason i'r stafell molchi. Mi godais reit handi, tynnu'r cwrlid yn ôl a gweld y staen mawr siâp wy. Damia. Mi daflais y cwrlid yn ôl drosto fo a dechrau tynnu 'mhyjamas. Ro'n i isio cawod.

Sefyll yno mewn crys-T yn chwilio am liain ro'n i pan agorodd y drws. Safai Nobi a Gags yno yn wên o glust i glust. Roedd gwefus ucha Nobi wedi cyrlio fel Swis Rôl, rhyw wên hyll, gas, fel Frankenstein yn dysgu gwenu am y tro cynta.

"Sbia coesau dryw!" meddai. "Ti'm yn bwyta digon 'sti!"

"Os oes 'na rywun yn y lle 'ma angen brecwast 'de?" chwarddodd Gags. "Ty'd 'laen, Trôns! Mae pawb arall bron â gorffen. Be sy'n dy gadw di?" Roedd 'na wên slei ar ei wyneb yntau hefyd. Doedd o ddim yn ei siwtio fo.

Camodd Nobi at fy ngwely i a dechrau sniffian fel ci. "Oes 'na oglau od 'ma d'wad, Gags?"

"Wel, erbyn i ti sôn ... oes. O ble mae o'n dod sgwn i?"

Sbiodd y ddau ar ei gilydd, a dechreuodd y ddau sniffian o gwmpas y cwrlid. Ro'n i isio hel y ddau allan, ond allwn i ddim symud. Roedd fy nhraed i mewn concrit. Yna tynnodd Nobi'r cwrlid yn ôl a dechrau chwerthin yn uchel.

"Wel, wel, sbia Gags! Dw i'n meddwl bod Llinyn Trôns wedi cael damwain fach!"

Edrychodd Gags ar y staen gwlyb a dechrau rhowlio chwerthin, chwerthin nes roedd y dagrau'n powlio.

"O'n i'n meddwl mai dim ond babis oedd yn gwlychu'u gwelyau! O ia! Ella 'mod i'n iawn hefyd!"

Daeth Alun a Jason i mewn ar hyn, a sbio'n hurt ar Nobi a Gags, yna arna i. Doedden nhw ddim yn hir yn cael y stori, a dyma nhw'n rhedeg allan fel dau *hyena* i ddeud wrth bawb.

Trodd Nobi at Gags. "Cawod arall iddo fo dw i'n meddwl?"

"Beryg. 'Dan ni'm isio rhyw ddiawl bach drewllyd yn ein tîm ni, nac ydan?"

O na. Roedd hi reit amlwg be oedd ganddyn nhw mewn golwg. Ond fel roeddan nhw'n camu tuag ata i, dyma'r drws yn agor a Dei yn dod i mewn.

"Be 'dach chi'n 'neud fan hyn?" holodd.

"Mynd i roi sgwriad iawn i hwn," atebodd Nobi. "Mi ddylat ti'n helpu ni – ac yntau wedi piso drostat ti neithiwr! Sbia!" Dangosodd y staen iddo fo a giglan mwy fyth.

Edrychodd Dei ar y staen am dipyn, yna arnyn nhw a holi'n hollol cŵl, "Sut roeddach chi'n gwbod mai fi oedd yn cysgu oddi tano fo?"

Edrychodd y ddau ar ei gilydd am eiliad. Dyna pryd y dechreuais innau amau bod 'na rwbath yn od iawn am hyn i gyd. Mi 'nath Nobi ddechrau paldaruo rhwbath am fatras yn cyffwrdd y llawr, ond roedd Dei yn briliant.

"Ro'n i'n amau bod 'na rywun wedi dod i mewn yma ganol nos. A finnau wedi meddwl mai breuddwydio o'n i, ond dw i'n cofio rŵan. Dau foi â llond jwg o ddŵr ... chi oeddan nhw yn de?"

Roedd Gags yn edrych yn annifyr, ond mae Nobi

wastad wedi bod yn rêl un am ddod allan o dwll. Mi ddechreuodd chwerthin yn uchel.

"Ni? Paid â bod yn sofft!"

Ond roedd Gags wedi bod yn sbio arna i yn edrych mor pathetic wrth y ffenest heb fy nhrôns.

"Ocê, digon teg, " meddai Gags, heb allu sbio'n iawn i'n llygaid i. "Jôc oedd o, Llion."

Jôc? Swn i 'di gallu'i flingo fo.

Sythodd Nobi. "Ond roeddat tithau wedi amau mai chdi 'nath o, doeddat Llinyn Trôns?"

Roedd o'n iawn. Ddeudais i'r un gair, dim ond gwneud fy ngorau i edrych fel 'tasai 'na ddim ots o gwbl gen i.

Cychwynnodd y ddau am y drws, ond trodd Nobi i wenu arna i eto.

"Faint o bet y byddi di wedi gwneud yn dy glos go iawn pan fyddi di'n hongian oddi ar graig ar ddarn bach o raff, y? Wimp!" Chwarddodd eto a chau'r drws ar ei ôl.

Gafaelais mewn esgid a'i thaflu at y drws. Dim ond jest methu Dei wnes i. Edrychodd arna i.

"Paid â gadael iddyn nhw dy gorddi di. Mae gan hamster fwy o frên na'r sinach Nobi 'na. Synnwn i fawr nad y fo 'nath y llanast uffernol sy yn y stafell molchi 'na hefyd. Golwg y diawl ar y lle." Damia. Ro'n i wedi anghofio am hynna. "Jest, un cwestiwn … sut na wnest ti ddeffro?" Cwestiwn da.

" 'Dwn i'm. Dw i wastad wedi bod yn un am gysgu'n drwm. Oedd Mam yn deud bod Merfyn yn arfer peltio fi efo'i dedi pan o'n i'n fabi, a fyswn i byth yn deffro."

Mi fues i am hir yn methu deall be oedd y cleisiau rhyfedd oedd gen i yn y boreu. A 'nath o ddal ati pan o'n i'n effro hefyd, am flynyddoedd, efo pethau tipyn caletach na thedi.

Ges i gawod sydyn, gan geisio peidio ag edrych ar y llanast, a brysio i lawr am frecwast. Ro'n i'n claddu i mewn i 'nghornfflêcs pan ddalltais i fod Gwenan yn gwenu'n ddel arna i. Hei! Ro'n i'n teimlo'n well yn syth, nes i mi ddallt mai chwerthin am fy mhen i roedd hi. Erbyn gweld, roedd pawb yn gwenu'n od arna i. Alun a Jason a'u cegau mawr, mwn. A phwy oedd yn mynd i gredu fy stori i yn hytrach na stori Nobi? Do'n i fawr o awydd fy mrecwast wedyn.

*

Am 7.30 ar y dot, wedi i bawb glirio'r byrddau, a Tecs Pecs yn sbio arnon ni fel bwch, cododd Roger y Pennaeth ar ei draed, cyfarch pawb a deud wrthan ni am hel i mewn i'n grwpiau. Roeddan ni'n mynd i gael yr holl gêr angenrheidiol ar gyfer cerdded i ben mynydd. Grêt.

Aeth Donna â ni i mewn i hen gwt tywyll efo silffoedd ar silffoedd o sgidiau cerdded oedd yn edrych fel *refugees* o'r ail ryfel byd. Roedd yr oglau fel hen stabal, yn gymysgedd o ledr a chwys canrifoedd o draed. Ges i bâr oedd i fod yn seis 7, ond roeddan nhw fel llongau. Ges i bâr arall, 7 eto, ond roedd bawd fy nhroed chwith i'n sgrechian ynddyn nhw. Do'n i ddim yn hapus, ond yn y diwedd ges i bâr oedd yn ocê, jest eu bod nhw'n uffernol o drwm a chaled. A do'n i ddim yn hoffi meddwl am faint o *verrucas* ac *athlete's foot* oedd wedi bod yn rhain dros y blynyddoedd.

Wedyn gawson ni gotiau a throwsusau glaw lliw oren hollol embarasing (y lliw gorfodol i bob ploncar ar ben mynydd), a rycsacs bychain i gario'r gêr i gyd: jympar wlân sbâr rhag ofn i ni fferru, 'bifi bag' sef bag plastig anferthol (oren eto) rhag ofn i ni orfod cysgu dros nos ar ben y blydi mynydd, pecyn o frechdanau ac afal, a fflasg o de neu goffi (roedd hi'n anodd deud pa un).

Gwingodd Gwenan wrth geisio llwytho'i rycsac ar ei chefn ac edrych ar Gags efo llygaid llo bach a fflachio gwên fach *'damsel in distress'* i'w gyfeiriad. (Wnes i feddwl rhoi cynnig ar gyfieithu hwnna – dylanwad Dei – ond tydi 'tits mewn twll' ddim yn PC nac ydi? 'Merch mewn smonach?' 'Geneth mewn gofid?' Ta waeth …) Roedd hi'n amlwg yn disgwyl iddo fo gario ei llwyth hi yn osgytal â'i un o, ond tydi Gags ddim yn ffŵl. Gwenodd yn ôl arni.

" 'Neith les i ti, del!"

Cyn i Gwenan gael cyfle i wneud ceg Donald Duck, daeth Donna allan o'r cwt efo rycsac ddwywaith maint ein rhai ni ar ei chefn. Sbiodd pawb arni gydag edmygedd i ddechrau, nes i Nobi chwyrnu:

"Betia i fod 'na uffar o'm byd ynddo fo, jest trio edrych yn *hard* mae hi."

Bosib ei fod o'n iawn, ond roedd 'na olwg reit galed ar gluniau Donna, a'i breichiau hi hefyd. 'Tasai hi'n dod i sgrap rhwng Nobi a hithau, arni hi byddwn i'n rhoi 'mhres.

"Iawn," meddai Donna. "Pawb yn barod? Ffwrdd â ni 'ta."

A dechreuodd gerdded i gyfeiriad camfa yng ngwaelod y cae, a Nobi a Gags yn dynn wrth ei phenôl hi. Roedd hwnnw'n edrych reit galed i mi hefyd.

Roedd y grwpiau i gyd yn mynd i fyny'r un mynydd, ond ar hyd ffyrdd gwahanol. Roedd pawb arall, gan gynnwys Tecs Pecs, wedi cael trip mewn bws mini i'r ochr arall, ond roeddan ni'n gorfod cerdded pob blincin cam o'r ganolfan.

Ar ôl rhyw hanner awr o gerdded ar hyd llwybr digon diflas, roedd Gwenan wedi nogio. Trodd Donna i weld ei bod hi hanner canllath da y tu ôl i ni.

"Ti'n iawn, Gwenan?" Roedd hynny'n amlwg yn gwestiwn gwirion, gan fod y greadures yn goch ac yn tuchan fel dafad. "Ti'm wedi arfer cerdded naddo?" Deg allan o ddeg Donna.

Edrychodd Gwenan arni yn flin. "Naddo. Mae Mam wastad yn rhoi lifft i mi."

"Be? I bob man?"

"Bob man. Ac mi fysai hi'n flin 'tasai hi'n gwbod eich bod chi'n gneud i ni gerdded yn y glaw." Roedd hi'n pigo 'chydig, ond fawr ddim. "Gawn ni rest rŵan plis?"

Chwerthin wnaeth Gags. "Yn barod? Callia Gwenan!"

"Smocio gormod rwyt ti," ychwanegodd Nobi.

"Gwenan?" holodd Donna. "Ti 'rioed yn smocio?"

"Ydw tad! Cadw fi'n slim tydi?"

"Ydi dy fam yn gwbod?"

Saib.

"Ydi. Dim ots ganddi, mae hi fel simdde'i hun. Mae gynnon ni *ash-trays* yn bob stafell yn tŷ – hyd yn oed y bog."

"Blwch llwch," meddai Dei wrthi.

"Be? Dyna be ti'n galw bog?"

"Naci! *Ash-tray* siŵr dduw!" Does gan Dei fawr o fynadd efo Gwenan, ond mi roedd gan Donna.

"Ond," meddai hi wrth Gwenan, "mi fysai dy fam yn flin 'tasai hi'n gwbod 'mod i'n peryglu dy iechyd di wrth wneud i ti gerdded yn y glaw mewn dillad glaw?"

Roedd hyd yn oed Gwenan yn gweld fod y peth yn swnio'n hurt, felly wnaeth hi'm ateb.

Ar ôl tua deng munud arall o gerdded, roedd hi'n llusgo y tu ôl i bawb eto, felly mi wnes i arafu er mwyn cerdded efo hi. Roedd hi'n edrych mor bathetig, ro'n i'n teimlo drosti, bechod. Ddeudais i ddim byd, a ddeudodd hithau'r un gair 'chwaith, ond ro'n i'n gallu deud ei bod hi'n falch ei bod hi ddim ar ei phen ei hun bellach, a dw i'm yn amau na ddechreuodd hi gerdded yn gynt. Wel, fymryn.

*

Ar ôl rhyw hanner awr arall, mi stopiodd Donna wrth ymyl nant fechan, a chyhoeddi y byddan ni'n cael hoe fach. Erbyn i Gwenan a finnau eu cyrraedd, roedd y lleill bron â gorffen eu paned.

"Be sy, Llinyn Trôns?" holodd Nobi efo llond ceg

o Fars bar. "Y coesau dryw bach 'na'n popo ydyn nhw, didyms? Ti 'di cofio newid dy glwt, do? Haaaaha!"

Wnes i'm trafferthu ateb. Ro'n i'n teimlo'n iawn, fel y boi a deud y gwir, a do'n i'm yn tuchan o gwbl, a do'n i'n bendant ddim yn bitrwt fel Dei. Roedd Messrs Mysls, Gags a Nobi, yn llawn bywyd wrth gwrs, yn peltio'i gilydd efo cachu defaid, ac Olwen yn edrych yn iawn. Ond erbyn cofio, mae hi yn y tîm hoci. Dw i'n cofio sylwi bod ganddi bennau gluniau fel buwch pan welais i'r tîm yn ymarfer ryw dro. Wyneb reit ddel, ond coesau diawledig. Ddim fel rhai Gwenan. Roedd honno wrthi'n eu rhwbio nhw fel ro'n i'n trio tywallt fy mhaned, coesau hirion, hyfryd, ac mi aeth hanner fy mhaned i dros fy nwylo i.

"Donna?" meddai Gwenan, oedd heb sylwi ar fy namwain i. "Be 'di'r pwynt?"

"Pwynt be?"

"Mynd i fyny mynydd."

Gwenodd Donna fel un oedd wedi clywed yr un cwestiwn gant a mil o weithiau. "Mae'n gneud lles i'r galon a'r enaid."

"You wot?" Tydi Cymraeg Gwenan ddim yn berffaith. "Ia, ocê, dw i'n gweld bod o'n cadw ti'n ffit, ond 'sai well gen i 'neud aerobics."

"Gêm o *footy* yn fwy o laff hefyd," meddai Nobi wrth daflu ei bapur Mars i'r gwynt.

"Hei!" Dyna'r tro cynta i Donna godi ei llais efo ni. "Be ti'n 'feddwl ti'n 'neud?"

Edrychodd pawb ar Nobi, gan mai arno fo roedd

hi'n gwgu.

"Fi? Wnes i'm byd!" Roedd o'n amlwg yn gwbl conffiwsd.

"Do, Nobi! Wnest ti daflu'r papur 'na!" Argol, roedd Donna 'n flin.

"Yeah, so?"

"Felly dos i'w nôl o'r twmffat!"

"I be? 'Dach chi'n 'u hel nhw neu rwbath?"

"Nac 'dw! Ti sydd – rŵan!"

"Oreit, oreit … paid â chael dy nicar mewn …"

"Nobi!"

Carlamodd Nobi ar ôl y papur, tra oeddan ni i gyd mewn ffitiau, am fod y gwynt yn chwarae triciau. Bob tro y byddai Nobi bron iawn â chael gafael ynddo fo, roedd y gwynt yn codi'r papur eto a'i symud ryw lathen neu ddwy nes roedd Nobi'n rhegi a bustachu a baglu dros y lle. Roedd hyd yn oed Donna yn gwenu erbyn hyn.

"Donna?" holodd Olwen. "Pam fod papur Mars bar mor bwysig i chi?"

Edrychodd Donna arni ac anadlu'n ddwfn. "Plis 'newch chi i gyd roi'r gorau i 'ngalw i'n 'chi'. 'Dach chi'n gneud i mi deimlo'n hen. Ond i ateb dy gwestiwn di, dychmyga sut lanast fysai yma 'tasai pawb sy'n dod i fyny'r mynydd 'ma'n taflu gweddillion eu picnics i'r gwynt."

"Ia, ond …" meddai Gwenan. "Os di o'n mynd efo'r gwynt, eith o i rywle arall yn gneith?"

"Yn hollol!" Roedd Donna'n dechrau colli amynedd rŵan. "Does wbod lle 'neith o lanio nac oes? Dw i'n synnu atoch chi. Dw i'n cael y drafferth yma efo bobol ifanc o Lundain a Birmingham yn aml, ond criw o'r wlad fatha chi?"

"Hogan dre ydw i!" protestiodd Gwenan.

"A phan ti'n bwyta paced o greision neu rwbath pan ti yn dre, ti'n rhoi'r paced gwag yn y bin?"

"Ydw. Wel, ddim bob tro ella. Does 'na fawr o neb arall yn gneud nac oes?"

"Dyna pam mae cwmnïau lladd llygod mawr yn gneud cystal busnes."

Gwingodd Gwenan. "Ych! Afiach!"

"Yn hollol."

Ro'n i'n teimlo bod Donna'n fwy emosiynol na'r disgwyl ynglŷn â'r busnes yma. Mi fentrais i ofyn, "Dw i'n dallt be sy gynnoch chi ..."

"Chi?"

"Sori, ti ... yn erbyn i bawb daflu eu llanast o gwmpas, ond pam wyt ti mor ... mor ...?"

Roedd Donna'n deall be o'n i'n trio'i ddeud.

"Pan o'n i tua deuddeg oed, roedd gen i ferlen fynydd, Cwmwl – meddwl y byd ohoni. Ond rhyw ddiwrnod, dyma ni'n dod o hyd iddi yn y cae wedi marw. *Botulism* yn ôl y fet."

"Botu-be?" gofynnodd Gwenan.

"Afiechyd ti'n 'gael o fwyta pethau fel biffbyrgars drwg aballu. Roedd 'na weddillion picnic wrth ymyl lle farwodd hi."

Roeddan ni i gyd reit dawel wedyn, nes i Nobi ddod 'nôl yn laddar o chwys efo'r papur Mars yn ei law.

"Dyma chdi!" meddai fo a'i estyn i Donna.

"Dw i'm isio fo," meddai hi, "Dyro fo yn dy rycsac."

Edrychodd Nobi arni'n hurt. "I be?"

Gwenodd Donna arnon ni. "Deudwch wrtho fo, 'newch chi?"

*

Cododd Donna ar ei thraed.

"Iawn, pawb yn barod? Dowch! Dei? Gei di arwain."

"Fi?" Roedd llygaid Dei fel soseri – naci, platiau.

"Ia, mi fydd pawb yn cael cyfle i arwain yn ei dro."

"Dw i'm yn mynd i fynd fel malwen y tu ôl iddo fo, sori," meddai Gags, gan gychwyn i ffwrdd ar uffar o sbid.

"Na finnau," cytunodd Nobi. "Fyddan ni tan wsnos nesa'n trio cyrraedd y top os 'di Ffati'n arwain."

"Peidiwch â mynd gam ymhellach." Doedd Donna ddim yn gweiddi, ond roedd 'na rwbath yn ei llais hi 'nath i'r ddau stopio'n stond.

"Be sy rŵan to?" gofynnodd Nobi.

"Dw i wedi'i ddeud o unwaith, mi ddeuda i eto rhag ofn na 'naethoch chi ddallt tro cynta," meddai Donna. "Dei sy'n arwain. A does 'na'r un ohonoch chi'n cael bod gam o'i flaen o nes dw i'n dewis arweinydd newydd. Iawn?"

Edrychodd pawb ar ei gilydd. Roedd 'na olwg wedi pwdu ar Gags a Nobi, ond mi 'naethon nhw ufuddhau, ac aros i Dei eu pasio. Mi wnaethon nhw aros i bawb eu pasio. Fi oedd yr ola, a dim ond y fi a glywodd Gags yn galw Donna'n 'blydi Hitler bach'.

Ar ôl hanner awr, roeddan ni wedi mynd reit dda, a Dei am ryw reswm yn mynd llawer cynt nag o'r blaen, ond ddim yn rhy gyflym 'chwaith. Doedd hyd yn oed Gwenan ddim yn llusgo cweit cymaint, er ei bod hi'n dal i gwyno. Wedyn dyma Donna'n gofyn i mi arwain.

"Paid â bod yn sofft, Donna," meddai Nobi. "Fydd y pansan yma wedi mynd â ni dros ochor dibyn."

Mi wnes i ei anwybyddu o, a dechrau cerdded am y copa. Mi wnes i fwynhau bod ar y blaen, roedd o'n fwy difyr rywsut. Chwilio am y llwybr gorau yn lle dilyn ôl traed y boi o dy flaen di. Doedd o ddim cystal hwyl â bod o flaen teli, ella, ond doedd o'n bendant ddim cyn waethed ag o'n i wedi disgwyl. Ond ar ôl tipyn, doedd y llwybr ddim cweit mor amlwg a'r niwl yn is. Mi drois yn ôl at Donna.

"Pa ffordd rŵan?"

Aeth i'w phoced a thynnu map ohoni.

"Hwda. Dilyna'r marciau duon 'ma."

Mi sbies i arno am dipyn, gan drio gweithio allan lle'r oeddan ni.

"Mae o'n rhy ddwl i'w ddallt o, Donna," meddai Nobi. "Mi wna i arwain rŵan."

Mi geisiodd dynnu'r map oddi arna i, ond mi dynnais o'n ôl. Sbiodd Nobi arna i'n syn. Yna rhoddodd Olwen bwt i mi.

"Ga i weld?"

Mi sbiodd arno am 'chydig, heb ei dynnu o 'nwylo i, a rhoi ei bys reit yn ei ganol o. Edrychais ar y map ac yna ar y creigiau o'n cwmpas ni. Roedd hi'n iawn.

"Heddiw, plis." meddai Gags yn goeglyd. Dw i wir

wedi mynd 'off' y boi.

"I'r chwith," medda fi, gan sbio ar Olwen.

Nodiodd hithau'n ôl, heb ei wneud yn rhy amlwg, chwarae teg iddi. A dyma ni'n cychwyn eto. Argol, mi wnes i fwynhau fy hun wedyn, ond ar ôl tipyn, mi alwodd Donna arna i i arafu.

"Ti'n mynd fel trên!" chwarddodd. Fedrwn i ddim peidio â gwenu, yn enwedig pan welais i fod wyneb Nobi fel tomato. Ha! "Reit," meddai Donna, wedi i bawb gyrraedd lle'r o'n i wedi stopio. "Tydan ni ddim yn bell o'r copa rŵan."

"Ddeudest ti hynna hanner awr yn ôl," cwynodd Gwenan. Roedd hi'n llusgo y tu ôl i bawb eto.

"Asu, dyro'r gorau iddi!" meddai Gags yn flin. "Ti'm 'di gneud dim byd ond cwyno yr holl ffordd!"

Pwdodd Gwenan.

"Wir yr rŵan," meddai Donna. "Rydan ni'n agos iawn tro 'ma. Felly pwy gawn ni i'n harwain ni at y copa?"

"Fi!" gwaeddodd Gags a Nobi fel un, a cheisio gwthio heibio i bawb. Ond daliodd Donna'i braich allan i'w rhwystro.

"Llion?" gofynnodd Donna. "Fel yr arweinydd dwytha, pwy wyt ti'n meddwl ddylai gael y fraint?"

Ha! Dyma be oedd pŵer! Edrychodd pawb arna i. Roedd Nobi a Gags yn gneud stumiau bygythiol. Tyff. Do'n i ddim yn mynd i enwi'r un o'r ddau yna, dim ffiars o beryg.

"Wel ..." Roedd Olwen wedi bod o help i mi gynnau, a Dei wedi bod yn briliant efo'r busnes gwlychu gwely. Ond roedd Gwenan druan yn edrych mor drist. Doedd hi ddim wedi mwynhau eiliad o'r bore hyd yma, ac roedd hi'n edrych mor dlws yn sbio ar ei thraed fel yna. Roedd hi'n fy atgoffa i o Bambi – nid 'mod i wedi gweld y ffilm ers blynyddoedd wrth gwrs.

"Gwenan," medda fi. "Gwenan ddylai arwain rŵan."

Aeth Gags a Nobi'n boncyrs. "Wnawn ni byth gyrraedd y blydi top wedyn, y crinc bach dwl!"

Ond roedd Gwenan yn sbio i fyny arna i efo'i llygaid mawr, yn amlwg yn methu coelio 'mod i wedi'i henwi hi.

Trodd Donna ati hi. "Wel? Ti am ein harwain ni Gwenan?"

Edrychodd Gwenan arni hi, yna ar Olwen, oedd yn gwenu.

"Dos, fyddi di'n iawn," meddai Olwen.

Anadlodd Gwenan yn ddwfn, sythodd ei chefn gan godi ei gên fach berffaith, a dechrau camu heibio i bawb a rhoi edrychiad budr i Gags wrth ei basio. Pan gyrhaeddodd hi lle'r o'n i, mi rois i'r map iddi a dangos lle'r oeddan ni erbyn hyn.

"Diolch," meddai, a rhoi edrychiad rhyfedd i mi. "Pam fi?"

"Gei di weld." Edrychodd arna i'n od eto cyn cychwyn yn araf am y copa. Do'n i ddim yn siŵr iawn be ro'n i wedi'i feddwl wrth ddeud hynna, ond roedd o'n swnio'n cŵl.

Ges i binsiad caled gan Gags pan gerddodd o heibio i mi, ac roedd o'n brifo. Mi hisiodd yn fy ngwyneb hefyd, "Gwranda 'ma'r snichyn bach slei. Dw i'n dallt dy gêm di, ond fysai hogan smart fel

Gwenan byth yn sbio ar linyn trôns pathetic fatha chdi. Felly dyro'r gorau iddi ..." (pinsiad poenus arall) "... rŵan."

Mae'n rhaid 'mod i wedi gwichian neu rwbath, achos mi drodd Donna yn ôl i sbio arnan ni.

"Gareth? Be ti'n 'neud?"

"Jest llongyfarch Llion am 'neud cystal job ..." gwenodd Gags. Crinc.

*

Cyn bo hir, mi waeddodd Gwenan o rywle yn y niwl uwch ein pennau ni.

"Brysiwch! Mae hyn yn briliant!"

Mi gyflymodd pawb, ac yn sydyn, dyma'r niwl yn clirio. Roeddan ni uwchben y cymylau, ar gopa'r mynydd, ac roedd o wir yn briliant. Roedd yr awyr yn las a'r haul yn sgleinio ar yr creigiau. Draw yn y pellter, roeddan ni'n gallu gweld copaon mynyddoedd eraill yn codi fel ynysoedd drwy'r tonnau o gymylau. Argol, dw i'n swnio'n rêl pwff.

"Bendigedig," meddai Dei.

"Hei, smart!" Roedd hyd yn oed Nobi'n gwenu.

" 'Dach chi'n dal i gredu bod na'm pwynt dringo mynydd?" holodd Donna.

"Mae o'n werth pob cam," meddai Olwen. "Weles i 'rioed ddim byd tebyg."

"Bron â gneud i rywun fod isio barddoni," medda fi, cyn i mi sylweddoli be o'n i'n 'ddeud.

"Prat!" meddai Gags a Nobi fel un.

" 'Sai well gen i *cable car*," meddai Gwenan, "ond

dw i'n falch 'mod i wedi'i 'neud o. Gawn ni banad rŵan?"

Am eiliad, ro'n i'n meddwl ei bod hi am ddod i eistedd ata i, ond mae'n rhaid fod yr *altitude* wedi mynd i'w phen hi, ac at Gags yr aeth hi. Mi drodd o i wenu'n smyg arna i a rhoi ei fraich am ei hysgwyddau.

"Ti'n iawn, *babe*?"

"Ydw."

A dyma hi'n rhoi sws iddo fo. Piwc. Roedd y peth yn pathetic. Ro'n i wedi bod yn glên efo hi toeddwn, rêl gŵr bonheddig – ac roedd Gags wedi bod yn rêl mwnci efo hi, ond doedd hi'n cymryd dim sylw ohona i ac yn ei lyfu o. Wna i byth ddallt merched.

Pan oeddan ni'n gorffen ein brechdanau sychion a gwagu'n fflasgs, roedd Donna'n ein gwylio ni fel barcud. Dyma ni i gyd yn sbio ar ein gilydd a rhoi ein llanast yn ôl yn ein rycsacs yn ufudd. Hyd yn oed Nobi.

" 'Sai ti'n gneud uffar o sgriw," meddai fo wrth Donna.

"Sori?"

"Ym … rhywun sy'n gweithio mewn jêl!" ychwanegodd reit handi.

Jest i mi dagu.

*

Roedd hi bron yn un ar ddeg arnon ni'n cychwyn 'nôl i lawr, a Nobi oedd yn arwain y tro 'ma. Ar ôl rhyw hanner awr, dyma hi'n dechrau bwrw glaw o ddifri, bwcedi o'r stwff, nes roeddan ni i gyd fel llygod mawr. Ella bod y cotiau oedd ganddon ni wedi dal dŵr ugain mlynedd yn ôl, ond doeddan nhw'n dda i ddim bellach. Ro'n i'n gallu teimlo afon fechan yn llifo i lawr fy nghefn i, ac am ryw reswm, roedd tu mewn i'n llewys i hefyd yn socian.

Roeddan ni i gyd yn wlyb ac yn oer, ond dim ond Gwenan oedd yn cwyno ar dop ei llais, a phan benderfynodd hi fod ganddi swigod ar ei thraed, mi ddechreuodd grio. Roedd Gags wedi cael llond bol arni erbyn hyn; roedd o jest isio mynd 'nôl gynted â phosib.

"Ty'd 'laen, Gwenan, cynta yn y byd byddan ni'n ôl, gorau yn byd."

"Ond mae o'n brifo, Gags!"

"Gwranda, mae 'nhraed innau'n brifo 'fyd, bob tro dw i'n cael gêm galed o bêl-droed, ond ti'm yn fy ngweld i'n stopio ar ganol gêm a dechrau crio am fod gen i flistars!"

Edrychodd Gwenan arno fo efo'i llygaid mawr brown, ac roedd fy nghalon i'n gwaedu drosti. Roedd y greadures yn amlwg mewn poen, am fwy nag un rheswm rŵan. Ro'n i isio rhoi 'mraich amdani ond fiw i mi. Mi fysai Gags wedi 'mlingo fi.

Mi ddoth Donna yn ôl aton ni i holi be oedd a thynnu bag cymorth cynta o'i rycsac yn syth bìn. Mi dynnodd Gwenan ei hesgid a'i hosan gyda thrafferth mawr gan ei bod hi'n crio cymaint. A'r argol, roedd ganddi le i gwyno. Roedd ganddi swigan oedd bron cymaint â 'nwrn i. Ro'n i ar fin gafael yn llaw Gwenan cyn i mi gofio bod dwrn Gags yn fwy na'n un i. Roedd 'na olwg reit euog arno fo rŵan, ond chlywais i mohono fo'n ymddiheuro wrth Gwenan 'chwaith.

Wedi i Donna roi triniaeth i Gwenan, roedd hi'n gallu cerdded yn well, ac o'r diwedd, mi gyrhaeddon ni'n ôl yn y gwersyll. Roedd pawb arall yn ôl ers oes, ac wedi cael cawod ers meitin. Felly pan aethon ni i drio cynhesu rhywfaint, roedd y dŵr yn oer.

'Nath Nobi ddim byd ond rhegi. "A dw i'n dal ddim yn gweld be 'di pwynt mynd i fyny blydi mynydd!"

Pennod 4

Roeddan ni wedi cael gorchymyn i fod o flaen y cwt canwio am dri. A'r tro 'ma, roedd Tecs Pecs wedi penderfynu ein hanrhydeddu efo'i bresenoldeb.

"Dw i'n mynd gyda phob tîm yn ei dro, jest i gadw llygad," meddai fo. "Gwneud yn siŵr fod pawb yn tynnu eu pwysau yntê!"

Mi edrychodd yn slei ar Nobi, ac yna dyma'r ddau yn sbio arna i, a gwenu, os mai gwenu y gallwch chi alw rhywbeth fel 'na. O, roedd hi'n mynd i fod yn bnawn o hwyl a sbri. Eistedd mewn lwmp o blastig ar lyn llawn penhwyaid efo llwyth o gachwrs fel rheina. Grêt.

Mi gyrhaeddodd Gwenan tua deng munud wedi efo wyneb fel hadog wedi marw. Ond roedd Donna'n dal yn belen o egni ac yn gwenu ar bawb.

"Reit 'ta, pawb yn eu dillad nofio? Chithau hefyd, Mr Jones? Iawn, dowch – *wet-suits* gynta."

Ac i mewn â ni ar ei hôl i lond stafell o siwtiau gleision, hyll ar y naw.

"Hy," chwyrnodd Nobi. "Bore 'ma oeddan ni angen rhein."

Rhaid i mi gyfadde, roedd gwylio Dei yn ceisio stwffio'i fol i mewn i'w siwt yn ddigon i 'neud i mi anghofio am boenydio Gags a Nobi. Mi fues i'n piso chwerthin am o leia pum munud.

"Dwn i'm pam ti'n chwerthin," meddai Dei, a'i wyneb yn goch efo'r holl hwffian a thuchan. "Ti'n edrych fatha *runner bean*."

Ac mi ro'n i. Roedd y siwt yn hongian arna i ac yn gneud i 'nghoesau i edrych hyd yn oed yn deneuach o dan yr effaith Nora Batty. I wneud pethau'n waeth, roedd Gags yn edrych fel rhyw bali model mewn *neoprene*, ac roedd o'n gwbod hynny. Roedd o'n cerdded o gwmpas y lle efo'i gefn yn syth a'i frest allan, dan wenu.

Allan â ni efo rhyw dopiau bach neilon a siacedi achub (oren eto) dros y cwbl a disgwyl am y genod. Roeddan nhw wedi newid mewn stafell arall. Pan ddaeth Donna allan, mi 'nath hyd yn oed Nobi 'neud rhyw sŵn bach fel ci wedi gweld homar o asgwrn jiwsi. A dw i'n siŵr fod Tecs Pecs wedi clirio'i wddw mewn ffordd ryfedd. Roedd ei siwt hi'n dynn iawn, iawn, ac yn dangos siâp ei phen-ôl i'r eitha, a hei, dyna i chdi be oedd pen-ôl. Dyma Olwen allan wedyn, a'i choesau bach tewion yn edrych yn fyrrach fyth. Roedd siwt Gwenan yn rhy fawr iddi, ac roedd hi'n edrych braidd yn pathetic, ond ddeudodd neb ddim byd. Doedd na'm golwg cael tynnu'i choes arni.

"Mae'r *thing* 'ma'n horibyl," meddai. "Hen oglau annifyr ynddo fo. 'Swn i'n taeru bod 'na rywun 'di pi pi ynddo fo."

Roedd 'na oglau digon tebyg ar fy un i a deud gwir, ond ro'n i'n gwbod mai cau 'ngheg fyddai orau i mi.

Roedd 'na drelar bach rhydlyd wrth ochr y cwt,

efo wyth canŵ plastig melyn a gwyn arno fo, a'r dasg nesa oedd tynnu hwnnw at lan y llyn. Roedd hi wedi stopio glawio, diolch byth, ond roedd hi'n dal reit wyntog. Syllodd pawb ar y tonnau ar wyneb y dŵr.

"Fysai hi'm yn well i ni gael *surf-boards* yn lle?" gofynnodd Olwen.

"Peidiwch â phoeni," meddai Donna. "Mi fyddwch chi'n iawn."

"Pwy deudodd 'mod i'n poeni?" gwenodd Olwen. "Dw i'n edrych ymlaen."

"Llyfwr tin," chwyrnodd Nobi wrth ei phasio gyda chanŵ ar ei ysgwydd.

Doedd Gwenan ddim yn ddigon cry i gario canŵ ar ei phen ei hun, felly mi wnes i ei helpu hi, a dw i'n meddwl i mi ei chlywed yn dweud diolch. Pan oedd yr wyth canŵ fel rhes o filwyr ar y traeth, mi gawson ni wers ar sut i afael mewn padl.

"Hollol blydi amlwg 'tydi?" meddai Nobi dan ei wynt. "Be mae hi'n 'feddwl ydan ni? Stiwpid?"

Rhaid i mi ddeud, ro'n i'n teimlo'n rêl ploncar yn sefyll yno'n troi padl yn yr awyr, fel rhyw helicoptar, nes i Dei daro Nobi yn ei ben ar ddamwain. Wna i'm deud wrthach chi be ddeudodd Nobi, ond mi gafodd row gan Tecs Pecs.

Wedyn mi ddangosodd Donna i ni sut i ddod allan o'r canŵ os oeddan ni'n troi drosodd. Roedd Gwenan yn welw iawn erbyn hyn.

"Iawn? Pawb yn hapus?" holodd Donna ar ddiwedd ei haraith am be oeddan ni'n cael a ddim yn cael ei 'neud.

"Ecstatig," meddai Nobi'n sych.

"Hapus iawn – Donna," meddai Tecs efo gwên fatha triog du. Roedd yr hen sinach seimllyd yn trio fflyrtio efo hi!

A dyma ni i gyd yn tynnu ein canŵs i'r dŵr ac yn ceisio mynd i mewn iddyn nhw fel roedd Donna wedi dangos i ni. Pawb ond Dei.

"Be sy?" medda fi.

"Dw i'm yn meddwl y gwna i ffitio," meddai hwnnw gan graffu'n boenus ar ei ganŵ.

"Gwnei siŵr," medda finnau. "Ty'd, mi wna i afael ynddo fo tra wyt ti'n mynd i mewn."

A dyma fi'n plygu drosodd i drio cadw'r pwysau'n wastad tra oedd o'n trio mynd i mewn. Doedd hi ddim yn hawdd, mae'n rhaid fod y boi yn pwyso tunnell. A tydi o ddim y boi mwya ystwyth 'chwaith, ddim mewn siwt rwber beth bynnag. Doedd o jest ddim yn gallu rhoi un goes i mewn a chadw balans efo'r llall. Yn y cyfamser, roedd pawb arall allan ar y dŵr yn eu dagrau.

"Unwaith eto," medda fi, a 'nghefn yn sgrechian efo'r ymdrech. Ond aeth o drosodd, a bron â 'nhynnu fi efo fo.

"Damia!" gwaeddodd Dei, a'r dŵr yn llifo ohono a'i lygaid yn fflamio. Bu bron i Nobi droi drosodd hefyd, roedd o'n chwerthin cymaint.

Ro'n i'n amau bod Dei'n mynd i roi'r gorau iddi pan gerddodd o'n ôl i fyny'r traeth. Ond wedyn dyma fo'n troi, sythu ei ên a chamu'n ôl at y canŵ'n bwrpasol.

"Tro 'ma, Trôns!" meddai fo'n benderfynol. "Mae 'na fwy nag un ffordd o gael Wil i'w wely."

A dyma fo'n eistedd ar gefn y sedd, a phwyso'n galed ar dop fy mhen i, nes ro'n i'n teimlo 'nghlustiau'n cyfarfod esgyrn f'ysgwyddau. A chyda choblyn o floedd, dyma fo'n llithro, wel, gwthio'i goesau i'r twll, a hei presto, roedd o i mewn ac yn bobio ar wyneb y dŵr! Dyma bawb arall yn dechrau clapio a gweiddi a Dei yn gwneud arwydd buddugoliaeth efo'i ddwylo a gwenu fel giât – nes iddo sylweddoli fod ei badl yn dal ar y traeth y tu ôl iddo fo. Mi sbiodd arna i, ac mi neidiais i allan i nôl ei badl iddo fo. Do'n i'm isio mynd trwy hynna eto.

*

Rhywsut, ro'n i'n deall y gêm ganwio 'ma'n syth. Roedd o'n hawdd, ac ro'n i'n gallu mynd rêl boi. Roedd Nobi'n mynd fel trên, ond ddim y ffordd roedd o isio mynd. Bob tro roedd o'n dyrnu mynd am rywle, roedd o'n dechrau troi i'r dde ac yn mynd mewn cylchoedd. Wedyn roedd o'n gwylltio, a mwya yn byd roedd o'n gwylltio, mwya yn byd roedd o'n mynd mewn cylchoedd. Roedd yr awyr yn biws, bron mor biws â'i wyneb o. Roedd Tecs yn dangos ei hun, wedi bod yn canwio o'r blaen, debyg iawn. Mynd yn araf a phwyllog roedd Dei, a doedd na'm golwg ry hapus arno fo gan fod hanner ei ben-ôl o'n gorlifo dros ochr ei ganŵ. Tueddu i aros yn ei hunfan roedd Gwenan, yn poeni bod y gwynt yn mynd i'w throi hi drosodd os oedd hi'n codi'i phadl yn uwch na thair modfedd o'r dŵr. Roedd Olwen wrth ei bodd, yn hymian canu iddi hi ei hun. Roedd Gags yn mynd yn grêt hefyd, ond doedd o'm yn hymian. Jest chwerthin am ben Nobi yr oedd o, a hwnnw'n gwylltio'n waeth.

"Mae 'na rwbath yn bod ar y blydi canŵ yma, Donna!"

"Sori? Glywes i rywun yn rhegi rŵan?"

Tawelwch.

"Do. Sori. Ond yli, mae 'na rwbath yn bod ar hwn, go iawn rŵan, mae'r *steering* wedi cocio fyny neu rwbath."

Gwenodd Donna.

"Ocê ta, oes 'na rywun yn fodlon newid canŵ efo Nobi?"

Tawelwch eto. Roedd hi'n hollol amlwg fod 'na'm byd o'i le ar ganŵ Nobi, ac y bysai'r un peth yn union yn digwydd iddo fo mewn unrhyw ganŵ, ac y bysai hynna'n ei wylltio'n waeth. Felly mi wnes i nodio 'mhen.

"Dim ots gen i," meddwn.

"Iawn!" meddai Donna. "Pawb i rafftio i fyny o gwmpas Nobi 'ta!"

Felly dyma ni i gyd yn canwio ato fo a gneud math o rafft, efo'r canŵs i gyd wrth ochr ei gilydd yn wynebu'r un ffordd, a'r padls dros flaen y cychod. Padlodd Donna i'n hwynebu ni.

"Pawb i afael yn y canŵs bob ochr i chi."

Rhegodd Nobi. Roedd o drws nesa i Dei, a doedd na'm llawer o le i roi ei law rhwng bloneg Dei a rhimyn y canŵ. Ro'n i rhwng Gags a Tecs, yn frechdan rhwng y Pecs.

"Iawn," meddai Donna. "Nobi a Llion, newidiwch lefydd."

"Y!" ebychodd Nobi. "No wê!"

"Mae o'n berffaith ddiogel," gwenodd Donna. "Ty'd, dos di ar hyd blaen y canŵs, ac mi fedar Llion fynd rownd y cefn."

Edrychodd Nobi a finnau ar ein gilydd. Oedd hi'n cymryd y mic 'ta be?

" 'Dach chi'm yn fy nghredu i?" holodd Donna.

Nac oeddan. Roedd hyd yn oed Tecs wedi cau ei geg ac yn edrych reit bryderus.

"Olwen? Wnei di godi ar dy draed plis?"

Oedodd Olwen am 'chydig, yna troi at Gwenan.

"Gafaela'n dynn, ocê? A chithau, syr."

Ufuddhaodd Gwenan a Tecs yn ddi-gwestiwn, a dyma Olwen yn codi ar ei thraed yn araf a braidd yn sigledig, ond mi lwyddodd.

"Hawdd tydi?" meddai Donna. "A rŵan, dos rownd y canŵs i gyd ac yn ôl i dy le."

Gwenodd Olwen, a chyn pen dim, roedd hi'n cerdded dros flaen canŵ Mr Pecs a finnau ac yn mynd rownd gan chwerthin. Ella bod ganddi goesau hyll, ond mae ganddi gyts. Pan gamodd hi ar flaen canŵ Dei, mi waeddodd hwnnw nerth ei ben. Roedd o reit isel yn y dŵr fel roedd hi, ond efo pwysau ychwanegol Olwen, roedd ei gocpit o dan yr wyneb! Ond cyn pen dim, roedd Olwen yn ôl yn ei chanŵ. Mi gododd Dei ei ddwylo i glapio nes i Nobi roi bloedd arno fo.

"Paid â gollwng y blydi canŵ, y pen rwdan!"

"O ia, mae'n ddrwg gen i."

"Wel?" gwenodd Donna. "Mae 'na ferch yn gallu ei 'neud o ..."

"Ocê, ocê ..." chwyrnodd Nobi. "Ty'd 'ta, Llinyn Trôns. Ac os 'nei di rwbath o'i le, mi fyddi di'n canu soprano am weddill dy oes."

Felly dyma ni'n dau'n codi'n ofalus. Roedd 'na bedwar canŵ rhyngom ni. Taflodd Nobi ei hun ar ei fol dros ganŵ Dei, ac mi saethodd blaen hwnnw am waelod y llyn.

"Hei!" sgrechiodd Dei. "Callia'r lembo gwirion!"

Ond roedd Nobi wedi dychryn mwy na fo, ac roedd o wedi hyrddio'i hun ar Gwenan, a honno'n sgrechian mwrdwr. Yn y cyfamser, ro'n i'n sefyll ar gefn canŵ Olwen ac yn trio gweithio allan a fyddai canŵ Gwenan yn gallu dal fy mhwysau i yn ogystal â Gwenan a Nobi.

"Paid ti â meiddio!" rhuodd Nobi.

Ro'n i'n cael mwynhad mawr o weld yr ofn ar ei wyneb o, felly mi wnes i roi cam fach sydyn ar gefn canŵ Gwenan a neidio ar gefn un Dei a llithro i mewn i ganŵ gwag Nobi.

"Da iawn, Llion!" chwarddodd Donna. "Ty'd Nobi, ti ar ei hôl hi."

Anadlodd hwnnw'n ddwfn, cyn cropian yn ofalus dros ganŵ Olwen, yna un ei hoff athro a cheisio gweithio allan sut i fynd i mewn i 'nghanŵ i. Gafaelodd ym mhen Tecs – "Sori, syr" – nes roedd hwnnw'n gwingo, a cheisio rhoi ei droed dde yn y cocpit. Yna taflodd ei hun fel sach o datws at Gags ac mi darodd ei ben-glin yr ochr lle'r oedd llaw Gags yn gafael yn dynn. Gwaeddodd hwnnw mewn poen a gollwng y canŵ'n syth. O fewn hanner eiliad, roedd Gags wedi gwahanu o'r rafft, ac roedd breichiau

Nobi wedi mynd efo fo. Yn anffodus, roedd traed hwnnw'n dal yn y canŵ arall, a Tecs yn gafael yn yr ochr fel gelan. Roedd corff Nobi'n pontio'r gwagle rhwng y ddau ganŵ, a'r gwagle hwnnw'n mynd yn fwy o hyd, a'r ddau foi yn rhuo ar ei gilydd. Yn sydyn, roedd Nobi ar ei hyd yn y dŵr ac wedi troi Gags drosodd efo fo. Am ryw reswm, aeth Tecs i mewn hefyd. Daeth y tri i'r wyneb fel pysgod aur, a'u hwynebau'n wyn efo'r sioc a'r oerni sydyn.

"Twat!" sgrechiodd Gags ac anelu *left hook* at drwyn Nobi.

Mi fuon ni am oes yn trio cael y tri yn ôl i'w canŵs, yn bennaf oherwydd ein bod ni i gyd yn wan gan chwerthin. Roedd Olwen yn ei dagrau, a hyd yn oed Gwenan yn giglan – pan doedd Gags ddim yn edrych. Ro'n i wrth fy modd, yn enwedig am fod Tecs mor uffernol o flin am wneud ffŵl ohono'i hun o flaen Donna. Dyna pryd y penderfynais i ella y byddwn i'n mwynhau'r penwythnos 'ma wedi'r cwbl.

Pennod 5

Gawson ni noson reit braf wedyn am fod Gags a Nobi mor dawel. Syrthiodd Dei i drwmgwsg y munud y trawodd ei ben y gobennydd, ac er gwaetha sŵn tractor ei chwyrnu o, cysgu fel babi wnes innau wrth gwrs, a chael breuddwydion hollol cŵl am fod mewn gondola efo Gwenan a Donna a'r ddwy yn rhwbio hufen haul i mewn i 'nghyhyrau gladiatoraidd i.

Ro'n i fymryn bach yn stiff yn y bore, ond dim byd mawr. Roedd Dei'n cerdded o gwmpas y lle fel robot. Tydi o'm wedi arfer gwneud cymaint efo'i gorff, ond chwerthin roedd o.

"Dw i'n dechrau mwynhau fy hun 'sti," meddai. "Dw i mor falch na wnes i droi 'nghanŵ fel y lleill."

"Oedd o'n dipyn o wyrth, chwarae teg," gwenais. "Ond dw i wedi sylwi bod gen ti falans reit dda – o foi mawr." Dw i wedi sylwi nad ydi o'n drwglecio cael ei alw'n 'fawr'. Cael ei alw'n 'dew' sy'n ei gael o. Mae o'n gry hefyd: mi wnes i sylwi ei fod o'n gallu cario canŵ ar ei ysgwydd fel 'tasai fo'n bluen. "Mi allet ti wneud uffar o brop da. Pam nad wyt ti'm yn y tîm rygbi?"

"Ia, wel. Fysai Tecs Pecs byth yn ystyried y peth. Reit, brecwast amdani." Ac i ffwrdd â fo. Roedd hi'n amlwg 'mod i wedi taro man gwan.

*

Pan agorais i'r llenni – oedd yn dipyn o job gan fod cyrraedd y ffenest fel gneud *assault course* efo'r holl fagiau a *trainers* a 'nialwch oedd ar hyd lle i gyd – roedd yr awyr yn las a'r haul yn gneud i bobman edrych reit braf ac yn llai o Auschwitz. Tywydd perffaith ar gyfer dringo, a dyna oeddan ni'n 'neud y bore hwnnw. Pan dw i adra, y peth cynta dw i'n 'i 'neud cyn brecwast ydi rhoi'r teli ymlaen, ac ro'n i'n gweld ei golli o rŵan. Mi neidiais yn sydyn a rhedeg i lawr am y ciosg – jest isio gneud yn siŵr fod Mam wedi cofio recordio *South Park* i mi neithiwr.

Oedd, diolch byth. Ond wedyn ges i lond pen ganddi: roedd hi wedi setlo i lawr i'w wylio fo am y tro cynta ei hun, ac wedi dychryn am ei henaid.

"A finnau'n meddwl mai cartŵn oedd o!"

"Dyna ydi o, Mam."

"Pethau fel Tom and Jerry ydi cartŵns! Ddim plant yn gas ac annifyr efo'i gilydd ac yn lladd ac ati!"

"Tydi Tom a Jerry yn gneud dim byd ond hanner lladd ei gilydd, Mam."

"Mae hynny'n wahanol siŵr."

Wedyn roedd hi'n holi os o'n i'n ddigon cynnes ac yn bwyta digon bla bla bla, ond mi aeth y pips diolch byth, ac es i am frecwast.

*

Mae'n amlwg fod brecwast wedi gneud rhwbath i Nobi achos wrth iddo fo basio lle'r o'n i'n eistedd, ges i hergwd ganddo fo o'r cefn nes roedd fy nhrwyn i yn fy mhowlen cornfflêcs.

"Sut mae'r *biceps* heddiw, Llinyn Trôns? O sori! 'Sgen ti ddim nac oes!" Mae o mor ddoniol. "Mi fyddi di fatha rhech heddiw'n byddi? Angen bôn braich i dynnu dy hun fyny craig 'sti. Ond paid â phoeni, mi wna i dy ddal di pan ti'n disgyn – os na byddi di wedi hedfan i ffwrdd yn y gwynt yn de! Ha ha ha!"

Ha blydi ha.

*

Roeddan ni i gyfarfod Donna wrth y cwt adnoddau am hanner awr wedi wyth. Roedd hi yno'n disgwyl amdanon ni, mewn pâr o Ron Hills du oedd yn ei ffitio hi'n berffaith, yn enwedig o gwmpas y pelfis. Roedd llygaid pob un ohonan ni'r hogiau yn sbio i'r un cyfeiriad am hir, nes i Gags gael cic gan Gwenan.

"Iawn," meddai Donna, oedd fel 'tasai hi heb sylwi arnon ni'n rhythu arni. "Pawb mewn dillad call?" Edrychodd ar Nobi. "Tydi jîns ddim y pethau hawsa i ddringo ynddyn nhw. 'Sgen ti'm gwaelod tracsiwt neu rwbath?"

"Fydda i'n iawn," meddai fo.

Roedd Gwenan yn gwisgo trowsus combat a chrys-T tyn, tyn efo patrwm llewpart neu rwbath arno fo, a hanner modfedd o baent ar ei hwyneb a'i hewinedd. Rhywiol iawn, ond nid y gêr calla ar gyfer dringo. Mi 'nath Donna sbio arni'n od am eiliad hefyd, ond ddeudodd hi'm gair. Tydi pob dynas ddim yn agor ei cheg cyn meddwl, mae'n amlwg.

Mi aethon ni i mewn i'r cwt, oedd yn llawn o

raffau amryliw, helmets (dim gwobrau am ddyfalu pa liw), slings hirion a byrion, ugeiniau o bethau metel siâp llythyren 'D' fawr o'r enw *'carabiners'*, a be oedd Donna'n ei alw'n 'rac'. Hanner tunnell o ddarnau bach o fetel ar raffau amryliw oedd y rhain, *'nuts'* neu *'chocks'* meddai Donna.

"Be 'dan nhw yn Gymraeg?" holodd Dei'n ddiniwed.

"Ia, 'cnau' 'ta 'ceilliau'?" chwarddodd Nobi.

Dim ond gwenu'n sych 'nath Donna. Doedd o ddim yn ddigri iawn nac oedd? Ac mi stopiodd Nobi chwerthin pan gafodd o rac a llond tsiaen o *carabiners* i'w cario. Rhaff a llwyth o slings ges i, a doedd y rhaff 'na ddim yn ysgafn 'chwaith. Roeddan ni i gyd yn gorfod cario rhwbath, a chwarae teg i Donna, doedd hi ddim yn gneud gwahaniaeth rhwng y genod a'r bechgyn. Mi gafodd Olwen rac a helmets, a dwy helmet a rhaff gafodd Gwenan. Mi sbiodd hi ar hwnnw'n wirion, a thrio'i gario fo fel 'tasai hi'n cario babi, nes i Donna ddangos iddi sut i'w roi dros ei chefn a chlymu'r ddau ben am ei chanol. Roedd hi'n hapusach, ond yn dal i gwyno bob cam o'r ffordd.

Roedd y graig reit agos diolch byth, dim ond lled cae o'r ffordd fawr wrth ymyl y llyn, a doedd hi'm yn edrych yn anferthol o fawr o bell. Ond erbyn i ni gyrraedd, roedd hi'n fwy, ac yn gythgiam o serth. Taflodd Nobi ei rac ar lawr a dechrau dringo.

"Nobi!" gwaeddodd Donna. "Ty'd i lawr y munud 'ma!"

"*Keen* dw i 'de!" meddai hwnnw wrth ddod i lawr

yn ei amser ei hun.

"A phaid â meiddio taflu rac ar lawr fel 'na eto."

"Pam? Maen nhw'n sgriffiadau i gyd yn barod."

Sythodd Donna. "Mae'n rhaid i ti ddysgu parchu offer dringo – edrych ar ei ôl o. Fel y gneith o edrych ar dy ôl di."

Cododd Nobi ei ysgwyddau, doedd o'n amlwg yn poeni dim.

"Sori, ond does gen i fawr o barch at yr helmets 'ma," meddai Gwenan. "Maen nhw'n disgysting. Ogleua hwnna." Estynnodd helmet i Olwen a rhoddodd hithau ei thrwyn ynddo fo.

"Ych, dw i'n gweld be ti'n 'feddwl," meddai honno. "Donna? Pam mae'r rhein yn drewi?"

"Blynyddoedd o bennau seimllyd pobol yn eu harddegau." Gwenodd Donna. "Ond peidiwch â phoeni, fedar llau ddim byw ar blastic."

Bron i Gwenan golli ei helmet ar lawr.

"Paid â meiddio'i ollwng o!" rhybuddiodd Donna. "Mae'n bwysig nad oes 'na'm un crac yn yr helmed 'na. Fydd o'n dda i ddim wedyn."

"Mi fydd Nobi'n iawn heb un," gwenodd Gags. "Pen fatha concrit gynno fo."

"Pen fatha rwdan ti'n 'feddwl," meddai Olwen.

Sbiodd Nobi arni am funud, ond ddeudodd o ddim byd. Od. Taswn i wedi deud hynna, mi fyswn i wedi cael tatsien.

"Reit," meddai Donna. "Dw i'n mynd i fyny i'r top rŵan i osod y gêr. Rhowch chi'r harnesi 'ma 'mlaen yn y cyfamser, a'r helmedau. A pheidiwch â rhoi bys ar y graig nes dw i wedi dod 'nôl i lawr. Iawn?"

Nodiodd pawb yn ufudd, a dyma Dei yn codi harnes a sbio arno'n ofalus.

"Oes 'na un mwy o faint i mi?"

Gwenodd Donna. "Maen nhw i gyd yr un maint yn union, ond mi fedri di lacio neu dynhau pob dim fel hyn yli." A dechreuodd ddatod y byclau mawr i ddangos. "Sbiwch. Mi wisga i f'un i rŵan i chi gael gweld."

A dyma hi'n dechrau camu i mewn i'w harnes du a phinc. Roedd llygaid yr hogiau'n pefrio wrth ei gwylio'n tynnu'r strapiau'n dynn am ei chanol ac am dopiau ei chluniau. Roedd siâp yr harnes yn tynnu llygad rhywun i lefydd anffodus braidd. Bron nad oedd Nobi wedi dechrau glafoerio. Sglyfath. Lwcus fod Tecs Pecs ddim efo ni.

"Iawn?" holodd Donna wedi iddi orffen.

"Grêt," meddai Gags mewn llais is nag arfer.

"Pawb yn dallt sut i'w gwisgo nhw?"

Nodiodd pawb.

"Reit, dechreuwch arni 'ta. Wela i chi yn y munud."

Ond symudodd yr un o'r hogiau nes roedd hi wedi diflannu heibio i ochr y graig. Waeth i mi gyfadde, roeddan ni i gyd wedi ein hypnoteiddio gan yr olygfa o'i phen-ôl hi yn siglo o ochr i ochr yn y strapiau duon tyn yna. Pesychodd Olwen a difetha hud y foment, felly dyma ni i gyd yn trio sobri a gafael mewn harnes.

Ro'n i wedi bod yn rhy brysur jest yn gwylio Donna i dalu llawer o sylw i be roedd hi'n ei wneud, felly mi fues i'n sbio'n hurt ar yr harnes yn fy llaw am dipyn. Allwn i yn fy myw weithio allan ym mha dyllau i roi 'nhraed. Ddim y fi oedd yr unig un 'chwaith. Roedd Nobi wedi codi'r peth at ei ganol cyn deall fod y bwcwl y tu ôl iddo fo.

"Ffordd arall, twmffat," meddai Olwen wrtho fo pan sylwodd hithau arno fo'n trio troi fel ci yn mynd ar ôl ei gynffon. Roedd hi wedi gorffen cau ei hun i mewn i'r bali peth wrth gwrs, ond ddim yn edrych hanner cystal â Donna.

Mi sbies i ar fecanics ei harnes hi am dipyn, a deall sut i wisgo'n un i. Roedd o'n eitha hawdd wedyn, ond ro'n i braidd yn flin fod y *loops* dal braidd yn llac am fy nghluniau i, er 'mod i wedi eu tynhau nhw reit i'r pen. Ond ddim mor flin â Dei. Roedd o'n cael diawl o drafferth i stwffio'i floneg o i mewn i'r strapiau.

"Ti isio hand?" holais i.

"Oes. Dw i 'di chwysu chwartiau'n barod, cyn hyd yn oed sbio ar y graig 'na."

Mi lwyddon ni yn y diwedd, ond dim ond jest. Mi fysai Dei wedi gallu gneud efo harnes dipyn mwy. Yn y cyfamser, roedd Gags a Gwenan wedi bod yn cael coblyn o hwyl yn helpu i dynhau strapiau ei gilydd. Mae hi'n amlwg fod y ddau yna'n nabod ei gilydd yn uffernol o dda. Ti'n gallu deud. Mae 'na lot o'r hogiau yn yr ysgol yn mwydro eu bod nhw'n 'ei chael hi' bob nos Sadwrn gan eu cariadon, ond ti'n gwbod mai jest malu cachu maen nhw. Dw i'm wedi clywed Gags yn sôn am Gwenan fel 'na, ond does 'na'm rhaid iddo fo brofi dim, nac oes? Mae ganddo fo'r ffordd yma o ddal ei hun rywsut, ffordd o sbio i fyw llygaid pobol – hyder. Mae'n siŵr ei fod o'n deud pob dim wrth Nobi a rheina, wel, am wn i, ond tydi o'm yn gorfod gneud hynny o 'mlaen i nac 'di? Dw i'm yn ddigon pwysig. Ond fyswn i'm isio'i glywed o'n sôn am Gwenan fel 'na beth bynnag.

Ar ôl tua deng munud, mi waeddodd Donna o dop y graig, a chodi llaw. Yna dyma hi'n gollwng dau ben y rhaffau dros yr ochr. Roeddan nhw'n edrych fel chwech neidar seicadelig yn erbyn y graig. Toc, roedd hi'n sownd mewn rhaff arall, a'r peth nesa, dyma hi'n bagio dros yr ochr a neidio i lawr wysg ei phen-ôl, yn abseilio fel 'tase hi wedi cael ei geni ar ddarn o lastig, yn bownsio oddi ar y graig fel 'tasai hi mewn ffilm James Bond. Asu, ro'n i'n *impressed*! Mi laniodd fel cath wrth ochr Gwenan, oedd yn sbio'n hurt arni.

"Dw i'm yn gneud hynna, no wê!"

"A finnau'n meddwl dy fod ti isio bod mewn ffilms," gwenodd Gags.

"Fel actores, ddim blincin *stunt-woman*!"

"Does 'na'm rhaid i ti ei 'neud o fel 'na," meddai Donna wrth ddadgysylltu ei hun o'r rhaff. "Elli di fynd i lawr yn araf, yn dy amser dy hun."

"Yn araf? Dw i'm yn 'neud o o gwbl!"

"Ond mi fyddi di'n berffaith ddiogel."

"O *yeah*? Dw i'm isio gneud pethau dwl fel hyn, ocê! Do'n i'm isio dod yma yn y lle cynta!" Roedd llais Gwenan yn debycach i ferch chwech oed erbyn hyn.

Trodd Gags ati. "Be? Ddeudist ti mo hynna wrtha i. Ti wedi swnio'n hollol *keen* o'r dechrau un."

Sythodd Gwenan. "Ti'n meddwl 'mod i'n mynd i adael i chdi ddod yma hebdda i?"

"O, fel 'na mae'i dallt hi ia?" Roedd Gags yn gwenu, ond roedd o wedi cymryd cam oddi wrthi. "Felly does gen ti'm ffydd yno' i nac oes?"

Camodd Olwen atyn nhw'n sydyn a phen rhaff yn ei llaw. "Mi a' i gynta yli."

"Ia," meddai Donna'n frysiog, "ac os wyt ti wir ddim am abseilio, mi fedri di gerdded i lawr rownd y cefn, y ffordd yr es i i fyny."

Syllodd Gwenan ar y ddwy ohonyn nhw am dipyn, yna ar Gags. "Pam ddylwn i risgio 'mywyd yn gneud hyn, deudwch hynna wrtha i."

Oedodd pawb, a sbio ar Donna.

"Fyswn i byth yn gorfodi neb i wneud unrhyw beth," meddai hithau toc. "Mae o i fyny i chi fel unigolion, ond mae'n werth rhoi cynnig arni 'tydi? Does wbod, ella y byddi di wedi gwirioni dy ben efo dringo ar ôl heddiw, ond ti byth yn mynd i wbod os nad wyt ti'n ei drio fo."

"Sialens newydd," meddai Olwen.

"Ia, cyfle i dy brofi dy hun," meddai Gags yn araf.

Sbiodd Gwenan arno am 'chydig yna troi i ffwrdd.

"Laff ydi o de?" meddai Nobi. "Wel, i hogiau o leia. Genod yn rhy wan 'tydyn. Wel, blaw chdi, Donna," ychwanegodd wedyn ar ôl iddi hi sbio fel tarw arno fo.

"Gawn ni weld ia?" meddai Olwen yn oer.

Sbio ar gwmwl yn yr awyr wnaeth Nobi.

"Mae'n gneud lles i rywun wynebu rhywbeth mae o – neu hi – wir yn ei ofni weithiau, " meddai Dei.

Trodd pawb i sbio arno fo. Ond ddeudodd o'r un gair arall, dim ond chwarae efo'i glust yn araf. Ochneidiodd Gwenan.

"O, ocê 'ta. Ond os dw i'n disgyn dw i'n mynd i siwio rhywun."

*

Aeth Donna ati i ddangos i ni be oedd be.

"Reit," meddai hi, "tra mae un ohonoch chi'n dringo, mae'ch partner chi'n gofalu eich bod chi'n berffaith ddiogel efo hwn. Y ffigur wyth. Mae o'n gweithio fel math o frêc … fel hyn." Roedd o'n edrych yn rhy syml. "Ti'm yn fy nghredu i, Llion?" meddai hi wedyn. Mae'n rhaid i mi ddysgu peidio gneud fy nheimladau i mor amlwg. "Ty'd 'ta." Mi ddechreuodd dynnu ar ei hochr hi i'r rhaff nes ro'n i bron â rhoi sws i'r graig. Ew, mae 'na rwbath mawr i'w ddeud dros ddynes sy'n gwbod be mae hi isio. "Ocê, dechreua ddringo."

Mi sbies i arni am eiliad, yna troi'n ôl at y graig a dechrau symud i fyny'r tyllau a'r rhychau. Roedd o'n hawdd, dim trafferth o gwbl, cyn hawsed â rhoi menyn ar dost. Ac fel ro'n i'n dringo'n uwch, roedd Donna'n tynnu'r rhaff i mewn drwy'r ffigur wyth.

"Ocê, dyna ddigon. Gollynga dy afael," meddai hi rywle oddi tana i.

Ro'n i'n dallt be oedd hi isio, ac ro'n i isio gollwng er mwyn ei phlesio hi a dangos i Nobi cymaint o foi o'n i, ond allwn i ddim. Roedd fy mysedd i'n gwrthod symud, yn union fel 'tasai rhywun wedi rhoi *superglue* arnyn nhw.

"Cachwr!" gwaeddodd Nobi a chwerthin nes roedd o'n gneud sŵn chwyrnu gwirion trwy'i drwyn.

Mi fydd o'n gneud hynna weithiau, wedyn yn rhoi'r gorau i chwerthin reit sydyn, cyn i neb feiddio chwerthin am ei ben o, yn hytrach nag efo fo. Mi fyswn i wedi gallu landio reit ar ei ben o y munud hwnnw, taswn i'n gollwng y graig, a Donna'n gollwng y rhaff.

"Ty'd, Llion!" galwodd Donna. "Ti'n berffaith ddiogel, wir yr."

Mi deimlais i'r rhaff uwch fy mhen yn cael ei thynnu, nes roedd yr harnes yn annifyr o dynn amdana i, yn ddigon tyn i 'nhroi i'n soprano. Roedd pawb yn galw arna i bellach, fel 'tasen nhw'n blincin hen lawiau arni. Digon hawdd bod yn *heros* a'u traed nhw'n sownd ar y ddaear doedd? Mi laciais i un llaw'n araf. Dim problem; wedyn, anadl ddofn a dyma ollwng y llall. Ocê, mi wnes i gau fy llygaid, ond doedd 'na neb yn gallu gweld hynny. Nid fod gen i ddiffyg ffydd yn Donna, ond mae'n cymryd tipyn o amser i arfer efo'r syniad dy fod ti'n rhoi dy fywyd yn nwylo rhywun arall. Be wyddwn i nad oedd hi'n rhyw fath o seico ar y slei, yn ysu am i mi ollwng gafael er mwyn cael sgrechian chwerthin fel gwrach o uffern cyn gollwng y rhaff a gwylio 'nghorff i'n cracio yn erbyn y graig a disgyn yn ddarnau man o'i chwmpas, tra byddai hi'n sefyll yno, a'i gwallt melyn yn diferu'n goch efo 'ngwaed i.

Ond fel roedd hi, wnes i'm disgyn, wel, ddim ond 'chydig, y lastig yn y rhaff yn rhoi rhywfaint efo 'mhwysau i mae'n debyg. Ac ar ôl y sioc o'r bowns bach lleia yna, ro'n i'n hongian efo 'mhen-ôl yn is na 'nhraed, gan fod y rheiny wedi mynnu aros lle roeddan nhw. Mi drois fy mhen i sbio ar bawb oddi tana i. Gwenu roedd Donna a Dei beth bynnag, a Gwenan yn edrych reit boenus. Poeni amdana i mae'n siŵr, fy ngweld i'n rhoi 'mywyd ar y lein wedi gneud iddi sylweddoli mai fi roedd hi wir yn ei garu. Mae hynna'n digwydd mewn ffilmiau ac mewn operâu sebon 'tydi? Ond bywyd go iawn ydi hwn, a'r unig ebychiadau glywais i oedd Nobi a Gags yn piso chwerthin ac yn gweiddi.

"Hei, mae 'na ddrewdod yn dod o rwla ... be sy, Trôns? Wedi ca ...?"

"Caewch hi!" meddai Donna. "Paid â chymryd sylw, Llion, mi wnest ti'n dda iawn fan 'na. Dyna brofi pa mor ddiogel byddwch chi. Iawn, Gwenan?" Jest crychu ei thrwyn wnaeth honno. "Reit 'ta, Llion, rŵan dyro dy draed yn fflat yn erbyn y graig a sytha dy goesau." Haws deud na gwneud. Roedd fy nhraed i'n gwrthod aros yn eu hunfan, ond yn y diwedd, mi 'nath gwahanol rannau o 'nghorff i ddallt be oedd fy mhen i'n trio'i ddeud wrthyn nhw. "Grêt!" meddai Donna, wedyn dyma hi'n fy ngollwng i'n araf i'r gwaelod a throsglwyddo'r ffigur wyth i Dei.

Roeddan ni mewn tri phâr rŵan: Gwenan ac Olwen, Nobi a Gags, Dei a fi. Mi ofalodd Donna fod pawb yn gwbod sut i 'belayio' yn iawn, ac Olwen, Gags a finnau oedd yn dringo gynta. Bron iddi fynd yn ffrae rhwng Nobi a Gags pwy oedd yn cael mynd gynta, fel 'na maen nhw wastad, ond mi 'nath

Donna'u sortio nhw allan cyn iddi fynd yn hyll. Seicoleg ysgol feithrin, ond mi weithiodd.

Ches i ddim trafferth dringo, rhaid i mi ddeud. Mae'n talu bod yn denau weithiau. Yr unig broblem oedd fod Dei yn cael trafferth belayio'n ddigon cyflym.

"Argol fawr! Slofa lawr 'nei di, Llion!" gwaeddodd, a'r rhaff fel spageti am ei draed.

"Ia, paid â dangos dy hun," chwyrnodd Nobi.

"Oi!" gwaeddodd Gags arno fo. "Arna i ti fod i sbio! Tyn y blydi rhaff 'na mewn 'nei di!" Roedd 'na lathenni o raff yn hongian o dan Gags, gan fod Nobi heb fod yn canolbwyntio.

"Oreit, oreit," meddai Nobi'n flin, a dechrau belayio fel y cyth. "Be? 'Sgen ti ofn neu rwbath?"

"Ha blydi ha," chwyrnodd Gags, a dechrau dringo eto, ond allwn i ddim peidio â sylwi bod ei goes chwith o wedi dechrau crynu braidd.

Roedd Olwen yn mynd reit dda, chwarae teg, a'i thalcen yn grychau i gyd wrth ganolbwyntio cymaint.

"C'mon, Ol!" chwarddodd Gwenan. "Ras! Cura'r hogiau 'ma i'r top!"

A bron cyn iddi orffen y frawddeg, roedd Olwen wedi dechrau mynd fel diawl – a Gags. Typical, mentaliti tîm hoci a rygbi, isio curo pawb o hyd. Ro'n i'n uwch na'r ddau ohonyn nhw ers tro, ac yn teimlo dim rheidrwydd i rasio efo nhw. Ac roedd Donna'n flin.

"Calliwch! Nid ras ydi o! Ddim dyna pam mae pobol yn dringo!"

"Ond dringo i ennill maen nhw ar *Gladiators*,"

meddai Gwenan wrthi. "Gw on Ol! Mae Shadow oddi tanat ti. Ha – da te! Shadow – cysgod – oddi tani hi? God, Donna, 'sgen ti ddim sens o hiwmor."

'Nath Donna ddim trafferthu ateb.

*

Yn y cyfamser, roedd Olwen a Gags yn crafu a thuchan a gadael hanner cnawd eu bysedd ar y graig, ond yn mynd ddim cynt. Ro'n i'n dal yn bell o'u blaenau nhw, a jest yn mynd linc-di-lonc, yn hollol cŵl. Roedd o'n deimlad mor braf, ro'n i'n gallu ei 'neud o bron heb feddwl. Prin ro'n i'n gorfod sbio am le i roi 'nhraed a 'nwylo. Roedd o'n digwydd yn naturiol rywsut, ac ro'n i'n llifo. Wir yr rŵan, ro'n i'n symud mor ddidrafferth a llyfn, mi fyswn i wedi edrych yn grêt mewn hysbyseb siocled. Deud gwir, ro'n i'n teimlo'n rhywiol.

"Waw, sbia ar Llion!" ebychodd Gwenan, achos ebychu wnaeth hi.

Asu, ro'n i'n teimlo'n dduw rhyw wedyn toeddwn? Mi gyrhaeddais i'r top efo anferth o wên, a sbio i lawr oddi tana i. Roedd Gags yn dal i regi ac yn tuchan, was bach. A doedd Olwen ddim yn edrych yn rhy hapus 'chwaith.

"Paid â thrio mor galed," medda fi wrthi, "jest ymlacia, mae o lot haws wedyn."

Edrychodd i fyny arna i o dan ei helmet. Dwn i'm be o'n i wedi'i ddisgwyl; gair o ddiolch efallai? Gwên fach am drio helpu? Yn sicr, do'n i ddim wedi disgwyl y llond ceg o abiws ges i. Mi alwodd fi'n lot o bethau, gan gynnwys 'Snichyn bach drewllyd sy'n meddwl ei fod o'n gwbod y blydi cwbwl'. *Charming.* 'Nes i benderfynu peidio hyd yn oed â meddwl rhoi cyngor i Gags, er ei fod o'i angen o.

Mi wnes i aros nes roedd Donna'n hapus fod Dei'n dallt be i'w wneud, ac wedyn i lawr â fi. Roedd Dei braidd yn rhy ofalus wrth fy ngollwng i lawr yn dechrau, felly prin ro'n i'n symud, ond wedyn mi ddalltodd 'mod i'n eitha diogel, ac mi ges i hedfan i lawr fel dyn Milk Tray. 'Nes i'm trafferthu codi llaw wrth basio Olwen. Os oedd hi isio bod yn hen ast sych, rhyngddi hi a'i photes, ond 'nes i godi llaw ar Gags a gwenu'n ddel. Dw i'm yn siŵr oedd hynna'n syniad rhy dda. Ond roedd hi'n deimlad mor braf gallu curo Mr Perffaith am unwaith, a rhoi gwbod iddo fo 'mod i'n gwbod 'mod i'n well na fo am rwbath. Ocê, dw i'n gwbod bod Donna'n trio deud bod dringo ddim i fod yn rhwbath cystadleuol, ond *gimme a break*, del! A beth bynnag, tydi o'm yn iawn fod 'na bobol yn y byd 'ma sy'n cael pob dim mor hawdd, felly ro'n i'n teimlo y bysai hyn yn gwneud lles iddo fo. Mi wnes i gyrraedd y llawr efo gwên ar fy ngwyneb oedd o leia hanner milltir o led.

Gwenu roedd Dei hefyd. "Go dda chdi, Llion," meddai fo. "Roeddat ti'n werth dy weld fan 'na."

Ond doedd Nobi ddim mor hael ei ganmoliaeth, deud gwir, doedd o ddim yn *impressed* o gwbl.

"Felly ti ydi'r *'missing link'*. Edrych fatha mwnci, dringo fatha mwnci."

Wnes i'm trafferthu ateb, dim ond datod fy ngharabiner a swopio efo Dei. Roedd hwnnw'n edrych reit bryderus erbyn hyn.

"Dw i'm yn siŵr os fedra i 'neud hyn."

Do'n i ddim yn siŵr 'chwaith, ond wnes i'm deud hynny.

"Fyddi di'n iawn 'sti, jest mater o falans ydi o'n fwy na dim. Wyt, ti'n drymach na fi, ond ti lot cryfach hefyd."

"O, mae'n rhaid i mi weld hyn," chwarddodd Nobi. "Sut mae boi sy'n methu gweld ei draed yn mynd i allu dringo? Dwy dunnall ar raff – ydi o'n saff d'wad? Ha ha ha haaaaaaa!" Roedd o'n gneud ei chwyrniadau mochyn eto.

Jest sbio arno fo fel lwmp o faw 'nath Dei, gneud yn siŵr fod ei garabiner ac ati wedi sgriwio'n sownd, sbio arna i, sbio ar Donna, a rhoi troed ar y graig.

"Dal yn sownd, Llion."

"Mi wna i; awê Dei."

"Ia, dw i'n mynd rŵan." Ond 'nath o ddim. Mi drodd yn ôl i sbio arna i eto.

"Be sy, Dei?"

"Dim. Jest … na, reit, ocê, dw i'n dringo." Ac mi ddechreuodd godi, yn araf a phwyllog, ond roedd o'n dringo.

Dechreuodd Nobi chwerthin eto, ond mi stopiodd reit handi pan ddaeth bloedd uwch ei ben.

"Nobi! Dw i'n trio dod lawr ers blydi oes!" Roedd Gags yn hongian dros yr ochr, yn amlwg yn flin iawn, iawn.

"Sori, Gags, efo chdi rŵan. Shit, be dw i fod i 'neud 'fyd? Gollwng hwn, ia?"

Mi laciodd ei afael yn y rhaff, nes bod hwnnw'n

saethu'n ôl drwy'r ffigur wyth, a dyma sgrech annaearol yn dod o gyfeiriad Gags. Roedd o'n peltio i lawr wysg ei din, a darnau o fwsog a cherrig mân yn tasgu i lawr efo fo.

"Noooooooobiiiiiiiiii!"

Roedd Donna wedi bod yn helpu Gwenan, ond lwcus ei bod hi'n gyflym ar ei thraed – pan glywodd hi'r sgrech, mi neidiodd at Nobi, a rywsut, mi dynnodd yn y rhaff mewn pryd. Mi stopiodd Gags druan bron hanner ffordd i lawr y graig, yn rhegi a phoeri a bygwth Nobi efo'r iaith fwya … ym … lliwgar. Doedd Donna ddim yn hapus 'chwaith.

"Nobi, 'nes i ddeud wrthat ti am beidio dechrau ei ollwng o i lawr nes ro'n i wedi gneud yn siŵr dy fod ti'n ei 'neud o'n iawn!"

Pwdu wnaeth Nobi, a gwingo wnaeth Donna. Roedd cledr ei llaw hi'n fflamgoch lle'r oedd traul y rhaff wedi'i llosgi hi.

"Ti'n iawn?" holais i.

"Ydw. Diolch am ofyn – a diolch yn fawr, Nobi."

"Sori."

Do'n i erioed wedi clywed Nobi yn deud y gair yna o'r blaen, ac mi ddoth allan fel iaith estron. Doedd o ddim yn edrych yn 'sori', jest blin. Ac o'r ffordd y gwnaeth o sbio arna i, ro'n i'n cael y teimlad ei fod o'n fy meio i. Roedd hi'n eitha amlwg pwy roedd Gags yn ei feio, a phan ddoth o i lawr yn araf, araf iawn, mi sgwariodd i fyny at Nobi fel 'tasai fo'n mynd i roi homar o hed-byt iddo fo.

"Dyna'r tro ola dw i'n dy drystio di! "

"O, c'mon Gags …"

"Na, dw i'n ei feddwl o. Mae mêts i fod i edrych ar ôl ei gilydd."

"Ie, ond ..."

"Cau hi!" Roedd ei lygaid o'n oer, oer.

"Gags! Ti'n ocê?" Roedd Gwenan yn amlwg wedi dychryn jest cymaint â fo, ac onibai ei bod hi'n brysur yn gollwng Olwen i lawr, mi fysai hi wedi rhedeg ato fo i daflu ei breichiau am ei wddw o. God, mae merched yn gallu bod yn bethau twp.

"Dw i'n iawn. Diolch i Donna."

Hanner gwenu wnaeth hi, a mynd â Nobi a Gags allan o'n clyw ni i gael gair. Ro'n i'n gallu clywed peth o'r araith, ac yn y bôn, roedd hi'n eu siarsio nhw i gallio, pwyllo a bod yn fêts. Syniad da, gan mai tro Gags i belayio Nobi fyddai hi nesa. Ond erbyn meddwl, ro'n i'n eitha lecio'r syniad o weld Nobi'n torri'i goes. Na, mae hynna'n beth dwl i'w ddeud. Ond eto ...

*

Yn y cyfamser, roedd Dei wedi dechrau dringo eto, ac yn mynd yn iawn. Roedd o'n tuchan braidd, ac yn cymryd ei amser, ond doedd o'm yn anobeithiol o bell ffordd. Roedd Olwen wedi dod i lawr erbyn hyn, a Gwenan yn paratoi i ddringo. Trodd Olwen ata i.

"Mae o'n dda tydi? 'Nes i 'rioed feddwl y bysai fo."

Argol – genod! Roedd hi newydd roi llond ceg i mi a rŵan roedd hi'n hollol glên fel 'tasai 'na'm byd wedi digwydd.

"Na finnau a bod yn onest," medda fi ar ôl dod dros y sioc. "Ond fedri di byth ddeud nes i ti roi cyfle i rywun."

"Ers pryd rwyt ti a Dei yn gymaint o fêts?"

Do'n i 'rioed wedi meddwl am Dei fatha mêt, ddim ffrind go iawn, jest – 'dwn i'm – boi tew, peniog sy yn yr un dosbarth â fi.

"Tydan ni ddim felly," atebais.

"Pwy ydi dy fêts di yn 'rysgol 'ta?" gofynnodd wedyn.

"Neb arbennig, dw i'n eitha lecio 'nghwmni fy hun. Ers pryd wyt ti'n fêts efo Gwenan?"

"Ysgol gynradd. Oedd hi'n ddel yr adeg hynny hefyd."

"O?"

"Ti'n cofio stori'r *Ugly Duckling?*"

"Ydw."

"O'n i wastad yn meddwl y byswn i'n tyfu i fyny i fod yn alarch, ond wnes i byth."

"Mwy o chwadan ..." Roedd hynna wedi dod allan heb i mi feddwl. Mi frathais fy nhafod, ond roedd hi'n rhy hwyr.

Edrychodd Olwen arna i. Am eiliad, ro'n i'n meddwl 'mod i'n gweld dagrau yn ei llygaid hi, ond diflannu wnaethon nhw, a throdd ei llygaid yn galed, oer. Do'n i'm yn gwbod lle i sbio.

"Ocê, dw i'n barod," meddai Gwenan mewn llais oedd yn trio'n rhy galed i swnio'n ffwrdd â hi. Roedd hi'n sefyll wrth droed y graig, yn wiglo'i bysedd a chodi'i hysgwyddau.

Trodd Olwen ati'n syth, sythu ei chefn, a thynnu'r rhaff drwy'r teclyn belay nes roedd Gwenan bron ar flaenau'i thraed.

"Asu, hold on, hogan!"

"Sori. Ti'n barod rŵan 'ta?"

"Ydw, jest yn trio gweithio allan sut i 'neud hyn heb falu 'ngwinedd."

Fedrwn i'm peidio pwffian chwerthin, ac mi glywodd Gwenan.

"Cau hi, Trôns! Mae hi 'di cymryd misoedd i mi'u tyfu nhw, dallta."

Ro'n i isio sbio ar ei phen-ôl hi yn yr harnes wrth iddi ddringo, ond ro'n i'n teimlo Olwen yn gwgu arna i ac mi roedd Dei bron â chyrraedd y top, felly ro'n i'n gorfod canolbwyntio arno fo. Mi lusgodd ei hun dros yr ochr, sefyll ar ei draed a chodi'i freichiau yn yr awyr a gweiddi fel 'tasai fo'm yn gall. Sbiodd pawb i fyny ar Dei efo cegau agored.

"Be uffar sy'n bod ar Ffati?" gwaeddodd Nobi dros y sŵn.

"Hapus ydi o," eglurodd Donna.

"Wedi gwirioni," medda fi.

"Off ei ben," meddai Gags.

Ond yn sydyn, dyma Dei'n rhewi a syrthio ar ei bedwar allan o'r golwg. Doedd o ddim yn gweiddi rŵan.

"Dei? Ti'n iawn?" Dim ateb, felly mi waeddais yn uwch. "Dei!"

Daeth llais bach tila o rywle.

"Help …"

"Be sy?" gwaeddodd Donna. Roedd hi wedi mynd

reit welw.

Dim ateb. Mi fysai'n cymryd oes i Gwenan a Nobi gyrraedd y top, prin roedden nhw wedi dechrau. Felly mi ddechreuodd Donna ddringo.

"Hei – 'sgen ti'm rhaff!" meddai Olwen.

"Fydda i'n iawn," atebodd Donna, "jest 'drycha di ar ôl Gwenan tra dw i i fyny fan 'ma."

Wa wi, roedd hi'n dringo'n dda, fel neidar rywsut, yn llifo i fyny bron heb stopio o gwbl. Roedd 'na law neu droed ar symud trwy'r adeg, ac roedd o bron fel *ballet*.

"*Poetry in motion*" medda fi, heb feddwl bod neb yn clywed.

"Ti'n ei ffansïo hi!" Damia, roedd Olwen wedi sylwi.

Mi wnes i drio peidio â chochi – a methu. "Paid â bod yn sofft' medda fi, yn trio swnio'n cŵl.

"Ha! Mae o'n hollol amlwg, Llion! Ti'n slefrian!"

"Callia."

"Wel, wel, pwy fysai'n meddwl?" Roedd ei llais hi'n gras rŵan.

"Meddwl be?"

"Dy fod ti'n gallu sbio ar rywun heblaw Gwenan."

Damia, cachu, ff ...! Es i'n chwys oer drostaf. Oedd o mor uffernol o amlwg? Ers pryd roedd Olwen yn gwbod? O na, oedd hyn yn golygu fod Gwenan yn gwbod hefyd? Mi wnes i ryw sŵn hanner ffordd rhwng chwerthin a thuchan, ond mi ddaeth allan yn debycach i wich mochyn yn cael ei grogi. Diolch byth fod Donna wedi cyrraedd y top erbyn hyn, ac yn siarad yn dawel efo Dei.

Ro'n i'n gallu cogio bod gen i fwy o ddiddordeb yn Dei nag yn rwdlan Olwen.

*

Mi fues i'n aros am oes i ddallt be oedd ar Dei. Y cwbl y gallwn i ei weld oedd helmets y ddau'n bobian i fyny ac i lawr. Yna, mi deimlais i'r rhaff yn cael ei thynnu, yna ei llacio, ac mi ddoth pen Donna i'r golwg dros yr ochr.

"Mae Dei a finnau'n dod i lawr rownd y cefn, iawn? Nobi … Gwenan … peidiwch â dod i lawr nes bydda i wedi cyrraedd y gwaelod."

Dim gair o eglurhad. Be oedd wedi digwydd iddo fo?

"Od," meddai Olwen, " 'Nath o droi ei ffêr neu rwbath wrth wneud y strymantiau gwirion 'na?"

Doedd gen i'm clem. I basio'r amser, mi wnes i wylio Gwenan yn trio dringo heb dorri gewin. Roedd hi'n trio gafael heb afael yn iawn ac yn gwichian a chwyno drwy'r adeg. Mi allwn i weld yn hollol glir fod ei bys bach hi'n sticio allan fel 'tasai hi'n rhyw snoban yn gafael yn ddelicet mewn gwydr siampên. Fedar neb ddringo fel 'na siŵr dduw, ac roedd hi'n edrych yn beryg bywyd, ond yn ddel. Yn sydyn, dyma hi'n rhoi coblyn o sgrech ac yn disgyn. Ond roedd Olwen yn canolbwyntio o ddifri, ac wedi brêcio reit handi, felly aeth hi ddim yn bell o gwbl.

"Ti'n iawn?" gwaeddodd Gags.

"Nac 'dw!" Roedd hi'n crio.

"Be sy?" gofynnodd Olwen.

"Dw i 'di torri un o 'ngwinedd i ... *clean off* ... Hei! Pam 'dach chi'n chwerthin? Di o'm yn blydi ffyni!"

Mi wylltiodd hi'n gacwn wedyn, a 'naeth hynny i Olwen a finnau chwerthin yn waeth. O leia roedd yr awyrgylch rhwng Olwen a finnau wedi newid 'chydig. Ces ydi Gwenan, ond mae ganddi geg fel siwar ar y gorau, a phan mae hi wedi gwylltio, mae hi'n ddigon i godi dychryn ar rywun. 'Tasai Mam yn ei chlywed hi'n deud pethau fel 'na, mi fysai hi'n cael hartan, achos mae gan Mam feddwl y byd o Gwenan, wastad yn deud pa mor ddel ydi hi. O leia mae 'na un peth mae Mam a finnau'n gytûn arno fo. Ond doedd Gwenan ddim yn edrych cweit mor ddel rŵan; od fel mae ceg rhywun yn gallu difetha'r llun.

*

Roedd Nobi a Gwenan wedi cyrraedd y top pan gyrhaeddodd Donna a Dei yn ôl, a doedd 'na'm golwg wedi brifo o gwbl ar Dei, ond roedd o'n eitha gwelw hefyd.

"Be ddigwyddodd, Dei?" holodd Gags.

"Dim byd."

Chafodd Gags ddim cyfle i holi mwy. Mi 'nath Donna fynd ati'n syth i 'neud yn siŵr ei fod o'n gollwng Nobi i lawr yn ddiogel, felly roedd o'n gorfod canolbwyntio. Daeth Dei draw ata i a hanner gwenu.

"Ti isio mynd i fyny eto?"

"Ia, iawn," medda fi.

Ond mynnodd Donna ein bod ni i gyd yn newid lle.

Felly pan ddoth Nobi i lawr, roedd Dei a finnau'n cymryd dringfa Gags ac yntau, a nhw eu dau yn symud at lle'r oedd y genod.

"Syniad da," meddai Nobi, a throi ata i. "Oedd un ni dipyn fwy anodd na hwnna roeddat ti arno fo, doedd Gags?"

Cytuno wnaeth hwnnw a sbio i fyny ar Gwenan, oedd yn dal ar y top. Roedd Donna ac Olwen wedi bod yn trio'i pherswadio hi i ollwng y graig, ond roedd hi'n gwrthod. Yn y diwedd, mi fu'n rhaid iddi fwy neu lai ddringo i lawr. Doedd hi ddim yn gallu rhoi ei thraed yn fflat yn erbyn y graig, ac roedd hyn yn golygu ei bod hi fel malwen.

"Ty'd 'laen, Gwenan! Ti'n ein cadw ni'n ôl!" gwaeddodd Gags arni. "A dw i isio dysgu gwneud hyn yn iawn." Doedd o'n amlwg ddim yn ystyried ei theimladau hi o gwbl.

Am fod pawb arall ym mhen draw'r graig yn disgwyl am Gwenan, roedd Dei a finnau'n cael llonydd.

"Be oedd, Dei?"

Edrychodd arna i am eiliad, a dal ati i sgriwio ei garabiner cyn ateb.

"Mae gen i ofn uchder."

"Y?"

"Roedd o'n iawn pan o'n i'n dringo, er 'mod i'n poeni'n ofnadwy yr holl ffordd. A phan gyrhaeddais i'r top, ro'n i wedi gwirioni, ond dyna pryd 'nes i sbio i lawr yn iawn am y tro cynta yn de? Wedyn mi aeth fy mhennau gliniau i fel jeli."

Ddeudis i'm byd, dim ond nodio 'mhen yn dawel.

"Ti'n barod i ddringo ta?" meddai fo, fel 'tasai fo wedi anghofio'r cwbl.

"Ydw. Ti'n mynd i ddringo ar fy ôl i 'ta?"

"Gawn ni weld, ia?"

Digon teg. Felly mi ddechreuais i ddringo. Unwaith eto, ro'n i wrth fy modd, ac yn cael dim trafferth o fath yn y byd. Roedd 'na ambell i symudiad lle'r o'n i'n gorfod meddwl 'chydig mwy, ond roedd hynny'n ychwanegu at y pleser. Roedd hyn yn well na noson gyfa o *South Park*, yn well na'r teimlad ges i o gyffwrdd fy Apple Mac i am y tro cynta, a hyd y gwyddwn i, roedd o'n well na chael noson mewn cornel dywyll efo Gwenan hefyd.

Pennod 6

Roedd hi'n amser cinio cyn i ni droi rownd, ac es i a Gags i helpu Donna i dynnu'r gêr i lawr tra oedd y lleill yn dechrau ar eu brechdanau.

"Wnest ti fwynhau hynna, Gareth?" gofynnodd Donna.

"Gags."

"Sori ... Gags."

"Do, ar wahân i pan 'nath y ploncar 'na drio'n lladd i."

"Ia, wel. Wnaiff o mo hynna eto. Wyt ti am roi cynnig arall arni ryw dro? 'Dan ni'n cynnal cyrsiau mwy arbenigol yma, dysgu chi sut i arwain, gosod gêr eich hunain ac ati."

Sbiodd Gags arni'n rêl Mr Cŵl.

"Ai, ella." Roedd 'na wên od ar ei wyneb o.

Trodd Donna ata i wedyn.

"Tithau hefyd, Llion? Does 'na'm rhaid i mi ofyn os gwnest ti fwynhau nac oes? Ti'n ddringwr naturiol."

Jest gwenu wnes i, ond ro'n i'n eitha lecio'r syniad o ddysgu mwy. Roedd y graig yna braidd yn rhy hawdd erbyn y diwedd.

*

Brechdanau caws a phicl sych oedd i ginio, a hyd yn oed os roedden nhw'n ddiflas, mi wnes i fwyta pob tamed, ac anaml y bydda i'n clirio 'mhlât. Allwn i ddim penderfynu ai'r awyr iach 'ta'r dringo oedd wedi codi ffasiwn awydd bwyd arna i. Ro'n i'n teimlo hyd yn oed yn well pan waeddodd Nobi.

"O na! Dw i 'di rhwygo'n jîns i! *Fifty quid* gostiodd rhein i mi!"

Jest codi ei haeliau wnaeth Donna. Doedd dim angen iddi ddeud 'Ddeudis i yn do'.

"Be 'dan ni'n 'neud pnawn 'ma hefyd?" gofynnodd Olwen.

"Abseilio," atebodd Donna, wedi llowcio paned o goffi du.

"Ond mi fuon ni'n abseilio jest rŵan yn do?" meddai Nobi, efo llond ceg o frechdan, a briwsion yn tasgu i bobman o'i geg o.

"O fath. Abseilio go iawn fydd hyn, fyny fan 'cw."

Trodd at y coed i'r chwith o'r graig a phwyntio at graig oedd dipyn uwch i fyny'r mynydd. Dim ond y pen ucha roedden ni'n ei weld, ond roedd hynny'n ddigon i ddangos ei bod hi'n graig serth iawn, iawn. Mi wnes i droi at Dei, ond roedd o â'i ben yn ei becyn bwyd, yn chwilio am fisgedan arall.

*

Mi gymerodd dri chwarter awr da i gyrraedd troed y graig, a phan edrychais i'n ôl roedd y plasdy yn y dyffryn jest oddi tanon ni, a llwybr reit amlwg yn mynd i lawr ochr y graig reit at y tŷ.

"Ydi hwn yn rhan o dir yr hen blasdy felly?" gofynnais i Donna.

"Ydi, ac mi fyddai'r hen deulu'n dod i fyny yma am bicnics yn yr haf."

"Be? Yr holl ffordd i fyny fan 'ma?" gwichiodd Gwenan. "I be?"

"Am yr olygfa. Arhosa di nes cyrhaeddan ni dop y graig. Sbia, mae 'na risiau'r holl ffordd i fyny."

Roedd hi'n iawn. Roedden nhw'n troelli i fyny'r graig ynghanol y coediach, ac roedd y dŵr oedd yn diferu'n rhaeadrau bychain bob ochr i'r creigiau'n gneud i'r lle edrych reit ecsotig, bron fel jyngl, fel rhwbath allan o *Jurassic Park*.

Ond roeddan nhw'n mynd 'mlaen am byth, ac ar ôl ugain munud, roedd pawb yn tuchan.

"Oedd isio sbio ar eu pennau nhw," meddai Gwenan, oedd yn cael ei hugeinfed *stitch*. "Yn cario hamper yr holl ffordd i fyny fan 'ma!"

"Ddim y nhw oedd yn ei gario fo siŵr," gwenodd Donna. "Y bytlar a'r morynion druain, ac nid platiau plastic 'chwaith, ond hambwrdd arian efo tebot a jwg arian, trwm, a llestri tsieina!"

"Go iawn?" gofynnodd Olwen. "Sut ti'n gwbod hyn i gyd?"

"Brenda, un o genod y gegin, oedd yn deud. Roedd ei nain hi'n un o'r morynion. Mi gollodd hi gyflog mis unwaith am ddisgyn hambwrdd hanner ffordd i fyny a malu'r llestri. Dim ond pymtheg oed oedd hi."

"Argol, bywyd braf yn de?" meddai Gwenan, cyn sylwi bod pawb yn sbio'n hurt arni. "Naci, sôn am y teulu rydw i. Meddylia cael pobol yn cario pethau i fyny i chdi fel 'na, i chdi gael byta b'echdanau ciwcymbar a chael dy de wedi'i dollti o debot arian. Mi fyswn i 'di cael y bytlar i roi jiji bac i mi hefyd."

"Bysat, mwn," meddai Gags yn dawel o'r tu ôl.

"Ond tydi pres fel 'na ddim yn golygu dy fod ti'n hapus," meddai Donna. "Mi 'nath un o'r merched ladd ei hun yma."

"Sut?" holodd Nobi.

"Taflu ei hun oddi ar y top."

"Pam?" gofynnodd Olwen.

"Does 'na neb yn gwbod," atebodd Donna. "Dim ond deunaw oed oedd hi, hogan ddel, hoffus a bywyd braf o'i blaen."

Aeth pawb yn ddistaw am sbel.

"Grêt," meddai Dei. "Diolch am rannu hynna efo ni Donna; 'dan ni gyd yn teimlo cymaint gwell."

*

Roedd yr olygfa'n wirioneddol wych. Roedd yr haul wedi dod allan ac mi roeddan ni'n gallu gweld mynyddoedd Eryri bron i gyd. Doedd Donna ddim yn gadael i ni fynd yn agos at yr ochr. Gwyliodd pawb hi'n gosod ei gêr yn y creigiau.

"Pa mor ddiogel ydi hyn?" gofynnodd Dei.

"Paid â phoeni. Dw i wastad yn rhoi tair angor i mewn rhag ofn. 'Tasai'r nytan yna'n dod allan am ryw reswm, mi fysach chi'n dal yn saff am fod y ddwy arall gen i hefyd."

"Be 'tasan nhw i gyd yn dod allan?" holodd Nobi.

"Wnân nhw ddim," gwenodd Donna. "Dw i wedi gollwng cannoedd ar gannoedd o bobol i lawr fan 'ma, a does 'na'r un angor wedi 'ngadael i lawr – erioed."

"Pa mor fawr oedd y person mwya?" gofynnodd Dei yn swil.

"Dipyn mwy na chdi!" gwenodd Donna. "A jest i 'neud yn siŵr, mi fyddwch chi ar raff arall hefyd – hon – y rhaff ddiogelwch."

"Be ti'n galw'r rhaff arall 'ta? Beryg bywyd?" chwarddodd Gags.

Gwenu'n ôl wnaeth Donna, a mynd ati i osod ffigur wyth yn y rhaff gynta.

Trodd Nobi at Gags a sibrwd yn ei glust, "Mae honna'n dy ffansïo di 'sti."

Wfftio wnaeth Gags. "Paid â bod yn wirion."

"Garantîd. Mae'n lystio amdanat ti. Ti'm 'di gweld y ffordd mae hi'n sbio arnat ti?"

Roedd Gwenan yn rhy bell i glywed, ond mi glywes i, a do'n i'm yn amau nad oedd Nobi'n iawn. Damia fo; mae Gags yn mynd allan efo'r hogan smartia yn yr ysgol, a slasian o ddynes hŷn fel Donna yn ei ffansïo fo hefyd. Ro'n i isio poeri.

"Reit," meddai Donna toc, pan oedd hi'n hapus fod pob rhaff yn y lle iawn. "Pawb wedi cau eu helmedau'n iawn? Grêt. Pwy sy isio mynd gynta?" Edrychodd pawb ar ei gilydd. "Llion?"

"Na, fi," meddai Nobi a gwthio heibio i mi.

"Dewr iawn," gwenodd Donna a dechrau dangos iddo fo sut i ddelio efo'r ffigur wyth. "Felly fel hyn, mae'r rhaff yn rhedeg drwadd, ac mi fedri di reoli dy gyflymdra drwy dynnu i lawr ac yn ôl, fel hyn. Cofia gadw dy law dde wrth dy ben-ôl drwy'r adeg."

"Dim problem. Fan 'no mae un Nobi wastad," meddai Olwen, a dyma ni i gyd yn pwffian chwerthin. Mae o'n crafu'i ben-ôl drwy'r amser.

Doedd o ddim yn gweld y peth yn ddigri o gwbl a gawson ni wbod hynny hefyd. Roedd o'n rêl *hero* nes iddo fo gamu'n ôl at yr ochr a sbio i lawr. Mi regodd wedyn a chamu 'mlaen eto.

"Mae o'n bell!" Nid dyna a ddeudodd o'n union; roedd 'na air arall rhwng y 'mae o'n' a'r 'pell'. "Dw i methu gweld y gwaelod!"

"Mae o yna, paid â phoeni," meddai Donna. "Ty'd, ti'n cofio sut mae gwneud, traed yn erbyn y graig, pwyso'n ôl ar 90 gradd ..."

"Iawn, olreit!" Mi gamodd yn ôl eto efo camau bychain iawn, iawn, gan sbio y tu ôl iddo fo drwy'r adeg. Roedd o reit ar yr ochr. "Shit."

Yn y diwedd, mi gafodd y gyts i bwyso'n ôl, ond roedd ei lygaid o jest â disgyn allan o'i ben, ac roedd 'na chwys amlwg ar ei dalcen o.

"Iawn, Nobi, ffwrdd â chdi," meddai Donna. "Ti sy'n rheoli pa mor gyflym ti isio mynd, ond dw i'n belayio fan hyn hefyd, cofia."

Nodio wnaeth Nobi, yna codi ei law chwith arnon ni, a gweiddi "Geronimo!" cyn diflannu gan wneud y synau rhyfedda.

Ar ôl tipyn, dyma ni'n clywed ei lais o bell yn gweiddi: "Hei, mae hyn yn briliant!"

Toc wedyn, ei lais o bell iawn yn gweiddi: "Donna! Does 'na'm craig ar ôl! Be dw i'n 'neud?"

"Jest gollwng dy hun i lawr, drwy'r gwagle – fyddi di'n iawn!"

"Y? O, iawn, ocê ... os ti'n deud. O waw! YEEEEEES!"

Ro'n i ar bigau drain isio mynd trwy'r un profiad, ond doedd Gwenan ddim. Roedd hi wedi eistedd i lawr ac yn gneud ei gorau i gynnau ffag. Roedd hynny'n dipyn o broblem, gan fod ei bysedd hi'n crynu cymaint. Mi wnes i estyn i lawr i'w helpu. Mi wenodd arna i fel ro'n i'n tanio'r leitar iddi.

"Diolch, Llion."

Doedd hi 'rioed wedi 'ngalw i'n Llion o'r blaen. 'Llinyn Trôns' neu 'Trôns' ydw i bob amser. Ges i deimlad cynnes yn fy stumog pan gyffyrddodd ei bysedd hi 'y mysedd i wrth danio'r ffag. Argol, roedd hi'n dlws. Mae mascara'n ei siwtio hi. Ro'n i ar fin deud rhwbath tebyg i hynny wrthi pan wthiodd Gags ei benelin yn fy 'sennau i a sbio'n hyll arna i. Am eiliad, ro'n i jest â sgwario i fyny iddo fo, ond wnes i ddim. Es i'n ôl i sefyll wrth ochr Dei, ac ro'n i'n diawlio fy hun am fod yn gymaint o gachwr.

O'r diwedd, roedd Nobi wedi cyrraedd y gwaelod a'r rhaff ar gael eto.

"Pwy sy nesa?" holodd Donna. Mi wnes i gychwyn amdani, ond ges i 'ngwthio i'r ochr eto fyth. Gags. Ddeudis i'm byd.

"Bryd i hwnna ddysgu tipyn o fanars," meddai Olwen, a galw ar Gags. "Hei! Ti'm 'di clywed am *ladies first*?"

"Ti ar ei hôl hi," atebodd yn swta. " 'Dan ni yn y mileniwm newydd – pawb yn gyfartal ers blynyddoedd – a phan mae pethau'n mynd yn tyff, mae'r tyff yn mynd gynta." Ac mi wenodd ar Donna wrth iddi sgriwio ei garabiner yn dynn. *"Be gentle with me baby."*

Rhowlio'i llygaid wnaeth Donna, ond roedd hi'n gwenu. Camodd Gags yn ei ôl yn gwbl hyderus, nes cyrraedd yr ochr a sbio i lawr y tu ôl iddo fo. Yna mi stopiodd yn stond – roedd yn rhaid iddo fo, neu mi fysai wedi disgyn, ond roedd y stopio yma'n wahanol. Mi rewodd rywsut a throi yn welw iawn, iawn.

"Ti'n iawn?" gofynnodd Donna.

Ddeudodd o'm byd, jest dechrau crynu.

"Jest pwysa'n ôl, mi fyddi di'n iawn," meddai hi wedyn yn dawel, ond yn bendant.

Mi sbiodd arni a dechrau symud yn ôl, filimedr ar y tro, heb dynnu ei lygaid oddi arni. Roedd ei sodlau dros yr ochr rŵan.

"Dyna chdi, stopia fan 'na, a jest pwysa'n ôl a chadw dy goesau'n syth."

Yn boenus o araf, mi bwysodd yn ôl fymryn. Ond yn sydyn, mi blygodd ei goesau, ac mi lithrodd ei draed oddi tano fo nes roedd o fel 'tasai fo'n cwrcwd yn erbyn y graig. Mi ollyngodd y rhaff yn llwyr a dechrau crafangu'r cerrig mân wrth draed Donna. Roedd o'n gwichian, rhyw sŵn od fel anifail wedi dychryn. Mi freciodd Donna'n galed ar ei ffigur wyth a chamu'n ôl fel ei bod hi'n ei dynnu'n ôl i fyny. Roeddan ni i gyd yn fud, yn methu credu bod Gags, yr hogyn mawr, cry, athletaidd a mor siŵr ohono'i hun, yn griddfan ar ei bedwar, jest â beichio crio.

"Shit," meddai Gwenan yn dawel. "Ti'n ocê, Gags?"

Cropian yn bellach o'r ochr wnaeth hwnnw, cyn codi ar ei draed yn araf a sigledig a dechrau dadsgriwio'i garabiner yn frysiog. Bron na wnaeth o daflu'r ffigur wyth ar lawr. Edrych arno fo mewn syndod roedd Donna; doedd hi na ni wedi disgwyl gweld Gags – o bawb – fel hyn.

"Gei di drio eto nes 'mlaen os leici di," meddai hi'n garedig.

"Na, stwffio fo, dw i'm isio," atebodd o'n swta ac eistedd wrth ochr Gwenan cyn cymryd ei ffag oddi arni a thynnu'n ddwfn.

Wyddwn i 'rioed ei fod o'n smocio. Doedd 'run ohonan ni'n gwbod be i'w ddeud, ac roedd y tawelwch yn boenus nes i Donna ddeud:

"Ocê 'ta, pwy sy nesa?"

Mi edrychais i ar y lleill; doedd Dei na Gwenan ddim ar frys i fynd, ond roedd Olwen yn edrych yn eitha awyddus, felly mi wnes i gamu'n ôl fel bonheddwr i adael iddi 'mhasio fi. Ges i hanner gwên i ddechrau, ond wedyn dyma hi'n rhoi pwniad gas i mraich i:

"Paid â chymryd y pis."

Do'n i ddim! Dw i'n trio bod yn glên efo hi, ac mae hi'n fy waldio i! Blydi merchaid.

*

Ond mi wnes i ei gwylio hi wrthi, ac mi bwysodd yn ôl dros yr ochr yn hollol cŵl a hyderus, dim problem o gwbl, ac i lawr â hi. Ymhen 'chydig, roeddan ni'n gallu ei chlywed hithau'n chwerthin yn braf. Mi stwmpiodd Gags y ffag efo'i droed a chodi.

"Dw i'n mynd 'nôl i'r tŷ, mae hyn yn boring."

"Na, Gags, arhosa fan hyn," meddai Donna, oedd yn dal i wylio Olwen dros yr ochr. "Mae'n rhaid i bawb aros efo'i gilydd, ti'n gwbod hynny."

"Ond dw i'm isio, ocê? Dw i'n mynd."

"Gags!" Neidiodd pawb; argoledig, roedd gan y ddynes lais. "Paid!"

"Pwy sy'n mynd i'n stopio fi?"

Roedd y ddau yn rhythu ar ei gilydd, Gags yn oer a chaled, a Donna'n berwi. A dyma ni'n clywed sŵn chwibanu o gyfeiriad y grisiau.

"Helô? Lle ydach chi 'dwch?"

O grêt: Tecs Pecs. Mi ddaeth i'r golwg eiliadau wedyn, a'i wyneb yn goch, a'i law ar ei asennau.

"Aha! O'r diwedd! Bobol bach, rhai milain ydi'r grisiau yna yn de! Sut mae'n mynd yma? Pawb yn joio? Mae Nobi y tu ôl i mi rywle, wedi mwynhau'n arw meddai fo. Ti sy'n mynd nesa ia, Gags?"

Ddeudodd Gags 'run gair am dipyn, yna dyma fo'n mwmblan rhwbath fod ei ffêr yn brifo, ac eistedd i lawr wrth ymyl Gwenan eto. Roedd hi wedi cuddio'i phecyn ffags reit handi.

"O, bechod. Bechod garw," meddai Tecs a chodi llaw ar Donna. "Su mai! Ydyn nhw'n bihafio i chi, Donna?"

"Ydyn, diolch." Sbiodd pawb ar eu traed. "A dw i'n meddwl bod Olwen wedi cyrraedd y gwaelod – ydi. Llion? Ti sy nesa?"

*

Ro'n i wrth ei hochr hi bron cyn iddi orffen y frawddeg. Roedd sefyll ar yr ochr yn annifyr. Mae'n deimlad mor od mynd drosodd wysg dy gefn, a gorfod bod â ffydd yn y rhaff, yn dy draed, yn bob dim, ac roedd Nobi'n iawn, roedd o'n bell iawn i'r gwaelod. Lle delfrydol i ladd dy hun; doedd gen ti'm gobaith o jest torri dy goes neu rwbath ar ôl disgyn yr holl ffordd i lawr fan 'na. 'Nes i drio peidio â meddwl am hynny, a phwyso'n ôl yn araf. Mi ddechreuodd fy mhen-glin chwith i grynu, ond ddim ond am 'chydig eiliadau. Ro'n i'n iawn wedyn, yn pwyso allan i'r gwagle ac yn gwenu i fyny ar Donna. Do'n i ddim wedi sylwi tan hynny ei bod hi'n gwisgo maneg ar y llaw a gafodd ei llosgi wrth achub Gags.

"Iawn?"

"Grêt."

Edrychais draw at y lleill. Cododd Dei ei fawd arna i, ac mi nodiodd Tecs ryw nod tadol, naff, ond roedd Gwenan yn sbio ar Gags. Roedd yntau'n astudio'i sgidiau'n fanwl. A dyma Nobi'n cyrraedd, gan duchan, ond â gwên ar ei wyneb.

"Awê, Llinyn Trôns! Paid â phoeni – mae'n hawdd! Unrhyw ffŵl yn gallu'i 'neud o – hyd yn oed chdi!" Wnaeth o'm sylwi fod pawb yn dawel. Yna mi sylwodd ar Gags. "Hei, o'n i'n meddwl mai chdi oedd yn mynd ar fy ôl i? Be sy? Ofn neu rwbath? Haaaa ha!"

Mi wnes i benderfynu ei bod hi'n bryd i mi fynd, felly, a'm llaw wrth fy mhen-ôl, mi ddechreuais ollwng fy hun i lawr. Roedd o'n grêt.

"Gei di fynd yn gynt os ti isio," meddai Donna.

Iawn, felly dyma godi ongl y rhaff 'chydig, a 'chydig eto, a waw, ro'n i'n neidio i lawr rŵan! Roedd o'n hollol briliant! Ro'n i yn y coed erbyn hyn, a phen Donna wedi mynd yn fach, fach yn y pellter. Yna'n sydyn, doedd 'na'm craig ar ôl i mi neidio oddi arni hi. Ffff-ffagots. Roedd o'n dipyn o sioc i ddechrau, felly mi wnes i arafu i feddwl am y peth. Wedyn, dyma fi'n cael y gyts i jest gollwng fy hun drwy'r awyr a sbio o 'nghwmpas i wrth fynd, ar y coed, ar y siapiau od yn y graig, ar y rheadr fechan a'r mynyddoedd yn y pellter. Ro'n i'n teimlo fel plentyn chwech oed unwaith eto, ac mi ddechreuais i chwerthin – allwn i'm peidio. Ac yn rhy sydyn o lawer, roedd y ddaear oddi tana i, ac ro'n i wedi cyrraedd y gwaelod. Mi dynnais y rhaff drwy'r ffigur wyth a rhoi plwc bach iddi hi i Donna gael gwbod 'mod i wedi cyrraedd, ac yna mi drois yn ôl am y grisiau, achos os oedd 'na rwbath ro'n i isio'i 'neud yn y byd 'ma, abseilio lawr fan 'na eto oedd hwnnw!

*

Pan gyrhaeddais i'r top, roedd yr awyrgylch yn dal yn od a Gags yn astudio'i sgidiau. Ac roedd Dei ar fin cychwyn i lawr!

"Nice one!" medda fi wrtho fo. "Mi fyddi di'n iawn – ac mae o'n hollol, hollol briliant!"

Mi wenodd arna i, a throi'n ôl i sbio ar Donna. Roedd 'na chwys ar ei dalcen o, ac roedd y croen dros ei figyrnau o'n wyn, ond roedd o'n benderfynol, ac i lawr â fo. Tipyn o gamp i foi sydd ag ofn uchder.

Mi drois i sbio ar Gags, ond roedd o wedi llyncu mul go iawn. Mae'n iawn i bawb fethu weithiau, ond mae'n amlwg fod hyn yn brofiad hollol newydd iddo fo. A gwrthod mynd wnaeth o hefyd, er bod Tecs Pecs yn sbio'n hurt arno fo. Ei seren o'n ormod o gachwr? Ond roedd hyd yn oed Tecs yn dallt nad oedd 'na'm pwynt arthio.

Mi gawson ni i gyd ail gynnig arni – heblaw Dei a Gwenan – roedd unwaith yn ddigon i Dei, er ei fod o wedi mwynhau, ac mi 'nath Gwenan drio, ond mi ddechreuodd hi grio ar ôl tua llathen, felly mi 'nath Donna ei thynnu'n ôl fyny.

Wrth gerdded 'nôl i'r plasdy, ro'n i, Olwen a Nobi yn siarad pymtheg y dwsin, yn dal wedi cynhyrfu'n rhacs; roedd Dei yn gwenu lot, ond prin roedd Gags a Gwenan yn siarad efo neb, a doedd gan Nobi ddim syniad be i'w ddeud wrtho fo. Mi wnes i sylwi fod y Prat Pecslyd yn cerdded reit wrth ochr Donna, yn rhy agos o beth coblyn, ac yn gwenu arni fel ffŵl yr holl ffordd. Dyn o'i oed o – pathetic.

Ar ôl swper afiach o dafelli o gig eidion mor denau fel 'mod i'n gallu gweld y blât drwyddyn nhw, a thatws stwmp heb eu stwmpio, a phys slwtsh, buodd staff y lle'n ein 'diddanu' ni am awren. Llwyth o sgetsys dwl ac ati. Roedd y rhan fwya ohonyn nhw'n anobeithiol, ond 'nes i lecio'r un lle'r oedd tri o'r dynion, mewn cotiau gwyn, yn bwyta pethau afiach fel wy amrwd – y plisgyn a phob dim. Roedd o mor afiach, roedd o'n ddigri. Ond mi 'nath Gags ddeud fod y cwbl lot yn hollol blentynnaidd. Oedd, mi roedd o, ond dyna oedd yn ei 'neud o'n ddigri rywsut.

Roedd Gwenan yn chwerthin nes roedd hi'n sâl. Mae hi'n ddelach fyth pan mae hi'n chwerthin.

Gawson ni'n hel i'n gwelyau erbyn un ar ddeg fel arfer. Mae hynny'n gwneud synnwyr gan ein bod ni'n gorfod codi mor uffernol o gynnar bob bore, ond mae'n dal yn gneud i chdi deimlo fel rhyw *kid* bach yn dy glytiau. 'Dan ni i gyd yn 16 rŵan, ac yn ddigon hen i adael ysgol, yn ddigon hen i briodi! Ond ro'n i'n eitha nacyrd beth bynnag, felly mi es i i 'ngwely'n hogyn da, a Dei hefyd. Roedd o wedi cael homar o ddiwrnod rhwng pob dim, ac roedd o mor, mor falch ohono fo'i hun. Jest i mi dagu ar fy mrwsh dannedd pan glywais i o'n canu iddo fo'i hun tra oedd o ar y pan.

Ond doedd criw drws nesa'n amlwg ddim wedi blino digon. Roedd 'na sŵn anhygoel yn dod trwy'r wal, sŵn clincio poteli a lot fawr o chwerthin a chwarae gwirion. Rhywun yn amlwg wedi cael gafael ar lysh o rywle – Nobi mae'n siŵr. Rŵan, pan fydda i'n cysgu, chlywa i'm byd, ond mae syrthio i gysgu yn fater arall. Fel arfer, fyddwn i byth wedi gallu cysgu trwy'r holl fangio a gweiddi, ond mae'n rhaid fod yr awyr iach wedi mynd i 'mhen i, oherwydd mi gysges fel twrch wedi meddwi ar ôl rhai munudau'n unig.

Pennod 7

Roedd 'na olwg y diawl ar Nobi a Gags pan ddaethon nhw i lawr yn hwyr i frecwast, a'u hwynebau'n llwyd a'u llygaid yn graciau coch i gyd.

"Hangofyrs," meddai Dei yn dawel. "Roeddan nhw'n rhacs neithiwr. Gysgest ti drwy'r cwbwl yn do?"

"Am wn i," meddwn i efo llond ceg o gornfflêcs. "Golles i rwbath?"

"Do! Homar o ffrae. Gags yn galw Nobi yn bob dim dan haul, wedyn y ddau yn ffustio'i gilydd, a Tecs Pecs yn dod i mewn a rhoi llond pen go iawn iddyn nhw. Mae o wedi bygwth deud wrth y Prifathro ar ôl mynd 'nôl."

" Oedd hi'n dipyn o sioe 'lly?"

"Gwell o beth uffarn na *Pobol y Cwm* – dw i methu dallt sut gwnest ti gysgu drwyddo fo i gyd."

Na finnau! Damia, mi fyswn i wedi bod wrth fy modd yn clywed sioe fel 'na! Ond mae'n rhaid ei fod o wedi brifo Tecs jest cymaint â'r hogiau, gorfod deud y drefn wrth ei ddau *wonderboy*. Mi edrychais i draw at fwrdd yr hyfforddwyr, a fan 'no roedd Tecs yn edrych yn fwy blin nag arfer, nes i Donna estyn paned iddo fo. Wedyn aeth o'n fwy seimllyd nag arfer. Gas gen i weld bobol mewn oed yn trio fflyrtio.

Roedd Gags a Nobi wedi eistedd efo'r hogiau eraill, ond ddim yn edrych fel 'tasan nhw lawer o awydd yr wy a'r bara saim o'u blaenau nhw. Bechod, roedd o'n lyfli, efo wy melyn yn rhedeg jest fel dw i'n licio fo, fel afon, ac yn cymysgu'n seicadelig efo'r sos coch, fel clawr record *vinyl* o'r chwedegau. Es i'n ôl am blatiad arall, ac mi sbiodd Dei yn hurt arna i.

"Tydi hyn ddim yn deg! Sut rwyt ti mor denau a chdithau'n bwyta cymaint?"

"Fydda i ddim fel arfer."

"Pam ti'n gneud rŵan 'ta?"

"Dwn i'm. Isio bod yn hogyn mawr cry fatha chdi!"

Ac mi wenais arno fo cyn stwffio llond fforc arall i 'ngheg, a bron i mi dagu arno fo pan ges i swadan dros fy mhen gan Dei.

"Dyna ti'n 'gael am fod yn coci efo hogyn mawr cry, Trônsyn."

Aw, mae o'n blincin cry hefyd. Dw i'n dechrau licio Dei.

*

"Tasgau ymenyddol heddiw," meddai Donna wedi i ni hel i'r man cyfarfod arferol.

"Mae hi 'di cachu arna i felly," meddai Gwenan gan gnoi ochr un o'i chyn-ewinedd. "Gas gen i bethau fel 'na. *Catchphrase* ydi'n limit i."

" 'Swn i byth wedi deud," gwenodd Dei.

Ond 'nath hi'm dallt ei fod o'n tynnu arni. Mi wenodd yn ôl arno fo a dal ati i fwydro.

"Wel ... dw i'm yn hollol *thick*, na? Ges i un yn iawn ar *I want to be a Millionaire* unwaith."

Sbiodd pawb arni am eiliad neu ddau, cyn penderfynu mai calla dawo, a throi at Donna.

"Ia ... tasgau y bydd arnach chi wir angen eu gwneud fel tîm. Ond yn gynta, 'dan ni'n mynd i chwarae gêm fach."

Gas gen i pan mae rhywun yn deud rhwbath fel 'na. Ti jest yn gwbod bod eu syniad nhw o gêm ddim cweit yr un peth â dy syniad di. Ro'n i'n iawn.

"Mi rydan ni'n mynd i fynd rownd mewn cylch," meddai hi. "Dw i'n dechrau brawddeg, a 'dach chi i gyd yn ei orffen o yn eich tro."

Swnio'n ddifyr iawn, dw i ddim yn meddwl.

Aeth Donna yn ei blaen. "Meddyliwch am be 'dan ni wedi bod yn ei 'neud dros y dyddie dwytha 'ma, y mynydd, y canwio, y dringo, yr abseilio ... a byddwch yn onest."

Do'n i ddim yn ffansïo rhyw hen lol fel hyn o gwbl, a doedd na'm golwg ry hapus ar y lleill 'chwaith.

"Iawn," meddai hi. "Y darn gorau i mi oedd ... Dei?"

Edrychodd Dei arni'n hurt am funud, yna mi grychodd ei dalcen a deud, "Yr olygfa ar ben y mynydd mae'n siŵr – a'r Mars bar wedyn – ro'n i'n ei haeddu o."

Nodiodd Donna, yn amlwg yn weddol hapus efo'i ateb o, a throi at Gwenan.

"Ym ... pan ddisgynnodd Gags a Nobi a Mr Jones i'r llyn."

Mi 'nath pawb giglan, heblaw Gags a Nobi.

Edrychodd Gags yn flin ar Gwenan, a deud yn isel, "Doedd hynna ddim yn ddigri, Gwenan."

"Oedd, tad," atebodd hithau. "Ti wrth dy fodd yn chwerthin am ben bobol eraill; mae'n bryd i chdi ddysgu chwerthin am dy ben dy hun weithiau. "

Roedd Gags yn amlwg wedi cael braw; a deud y gwir, dw i'n meddwl bod Gwenan wedi dychryn ei hun hefyd. Dyna'r tro cynta i'r un ohonon ni ei chlywed yn cega'n ôl arno fo fel 'na. Aeth pawb yn dawel.

"Iawn," meddai Donna ar ôl sbel. "Be amdanat ti, Nobi?"

Doedd 'na'm rhaid iddo fo feddwl, mi atebodd ar ei ben. "Yr abseil mawr 'na – briliant! O'n i'n cachu'n hun i ddechrau, ond roedd hynna'n ei 'neud o'n well rywsut."

"Da iawn chdi," gwenodd Donna. "Olwen?"

"Ia, finnau 'fyd – yr abseil. Wna i byth anghofio hynna."

Gwenodd Donna. Roedd hi'n amlwg yn hapus efo'r ymateb hyd yma. Wedyn daeth fy nhro i. Mi gymerais fy amser i ateb. Roedd hi'n o agos rhwng gweld rheina'n disgyn i mewn i'r llyn, yr abseil a'r dringo.

"Y dringo," medda fi. " 'Nes i fwynhau'r dringo'n uffernol, ond 'nes i fwynhau gweld Dei'n llwyddo hefyd."

Do'n i'm wedi meddwl deud hynna, roedd o'n swnio mor gwdigwdi, ond mi ddoth allan, heb i mi feddwl rywsut. Sbiodd Dei arna i'n hurt, a rhoi uffar o wên iawn i mi. Ro'n i'n falch 'mod i wedi'i ddeud o wedyn – nes i Gags sbio arna i fel taswn i'n lwmp o gachu.

"Da iawn chdi, Llion," gwenodd Donna. "Be amdanat ti, Gags?"

Mi gymerodd o'i amser i ateb hefyd. "Ocê ... y darn gorau i mi fydd pan fyddwn ni'n mynd adra."

Trodd pawb i sbio arno fo. Sythu wnaeth Donna.

"O. Ti'm wedi mwynhau unrhyw beth? Dim byd o gwbl?"

"Naddo. Mae'r cwbl wedi bod yn wastraff amser llwyr. O'n i wedi meddwl y byddan ni'n dysgu rhwbath call, ac y byddan ni'n cael gwerth ein harian, ond dim ond potsian 'dan ni wedi'i 'neud a chael ein trin fel plant chwech oed."

Oedodd Donna am 'chydig. Doedd hi'n amlwg ddim wedi disgwyl ymateb fel 'ma ganddo fo o bawb.

"Ond mae'n rhaid fod 'na rwbath positif wedi digwydd i chdi? Be am y dringo? Oeddat ti'n mynd yn arbennig o dda."

"Oedd o'n oreit. Dim byd sbeshal. Gormod o aros o gwmpas yn gneud dim am fod pobol eraill mor uffernol o araf."

Doedd o ddim yn edrych ar Gwenan, ond roeddan ni i gyd yn gwbod mai ati hi roedd o'n cyfeirio. Roedd fy nghalon i'n gwaedu drosti, ac mi ro'n i cymaint o isio rhoi slap iddo fo.

"Iawn," meddai Donna, gan edrych arno fo'n ofalus. "Diolch am fod yn onest. Mae gen ti berffaith hawl i ddeud sut ti'n teimlo, ond gofala nad wyt ti'n brifo pobol eraill. A gwaith tîm oedd pob dim cofia."

Edrychodd pawb ar Gags i weld sut byddai o'n

ymateb, ond dim ond codi ei ysgwyddau a sbio ar y wal wnaeth o.

"Reit, brawddeg arall," meddai Donna. "Cyfle i bawb i ddeud eu cwynion tra 'dan ni wrthi. 'Ro'n i'n teimlo fel mynd adre pan ...' Gwenan?"

Crychodd Gwenan ei thrwyn. Roedd hi'n gwbod yn iawn mai hi oedd yr un wnaeth gwyno fwya drwy'r cwbl lot.

"Pan aethon ni i fyny'r mynydd 'na, a phawb yn flin efo fi am eich dal chi'n ôl. Ro'n i wir yn nacyrd, a do'n i'm isio bod yn niwsans, ond mwya yn y byd roedd pobol yn flin efo fi, anodda yn y byd roedd o."

Mi drodd i sbio i fyw llygaid Gags ar ganol deud hyn, ond dal i sbio ar y wal wnaeth o.

"Iawn," meddai Donna. "Dw i'n meddwl bod pawb wedi dysgu rhwbath o hynna, yn do? Olwen ... pryd oeddat ti'n teimlo fel mynd adre?"

"Wrth ddod i lawr y mynydd, ro'n i'n oer, yn wlyb ac yn flin. Fel pawb arall am wn i."

"Pan ges i'r woblar ar dop y graig," meddai Dei. "Ro'n i mor flin efo fi'n hun, yn enwedig gan 'mod i mor falch 'mod i wedi dringo i fyny yn lle cynta."

"Pan ddisgynnais i allan o'r blydi canŵ 'na," oedd ateb swta Nobi.

"Snap," meddai Gags. "A'r abseil stiwpid 'na 'fyd. A pan 'nath fy 'mêt' i drio'n lladd i."

Trodd Nobi ato yn flin. "Hei, 'di hynna'm yn deg. Do'n i'm yn trio nac o'n?"

"Hah."

"Do'n i ddim!"

"O'n i'n meddwl eich bod chi'ch dau wedi sortio

hynna allan?" meddai Donna. Roedd hi'n amlwg yn dechrau colli amynedd.

"Dw i 'di trio!" protestiodd Nobi. "Dw i 'di deud 'sori' ganwaith!"

"Wel?" edrychodd Donna ar Gags. " 'Di'm yn bryd i chdi faddau iddo fo?"

Rhythodd Gags arni hi, yna ar Nobi. "Yn fy amser fy hun."

Sbiodd Donna arno fo'n od am 'chydig, yna anadlu'n ddwfn a mynd ymlaen efo'r brawddegau.

Pryd o'n i wedi teimlo fel mynd adre? Pan 'nath Gags a Nobi stwffio 'mhen i lawr y lle chwech, ond fiw i mi sôn am hynny.

"Pan gyrhaeddon ni," medda fi yn y diwedd. "Do'n i'm isio dod yma o gwbl."

"Ti wedi newid dy feddwl?" holodd Donna efo gwên.

"Do siŵr," medda finnau. "Yn enwedig ar ôl gweld pwy oedd yn ein hyfforddi ni ...!" Argol! Fi ddeudodd hynna? Roedd o'n swnio mor fflyrtllyd, coci. Roedd Olwen a Gwenan yn sbio arna i'n hurt, Dei yn giglan, Donna'n chwerthin (mae hi'n licio fi – garantîd) a Nobi'n gneud sŵn chwydu.

"Trôns," meddai fo, "oedd hynna'n piwclyd. Ac ers pryd wyt ti'n gymaint o un efo'r lêdis, y?"

Tydw i ddim. Doedd gen i'm syniad be wnaeth i mi ddeud hynna, ac er 'mod i wedi cochi at fy nghlustiau, ro'n i'n falch 'mod i wedi'i ddeud o. Roedd Donna'n dal i chwerthin ac yn sbio arna i efo rhyw olau 'dw i licio chdi hefyd' yn ei llygaid.

"Diolch, Llion! Ti 'di gneud fy niwrnod i! Reit, un

frawddeg arall: 'Mi ges i'n helpu gan ...?' "

"Llion," meddai Dei. " 'Swn i byth wedi dringo fel gwnes i onibai ei fod o'n fy nghadw fi i fynd."

Do'n i ddim yn siŵr a oedd hynna'n wir, ond chwarae teg iddo fo am ddeud.

"Llion," meddai Gwenan, a jest i mi dagu. "Fo oedd yr unig un 'nath aros efo fi wrth fynd i fyny'r mynydd, a wedyn fy newis i i arwain i'r top."

O hec, roedd hyn yn embarasing.

"Dei," meddai Olwen. "Mi helpodd fi i gario 'nghanŵ yn ôl o'r llyn am fod fy mysedd i wedi rhewi gormod i afael mewn dim."

Dei? Do'n i'm wedi sylwi ar hynna. Roedd o wedi mynd yn binc.

"Olwen," medda fi. "Hi helpodd fi i ddarllen y map pan oeddan ni ar y mynydd, a gneud hynny'n dawel hefyd, fel bod neb yn sylwi bod gen i'm clem lle'r oeddan ni."

Rhois i wên iddi, ac mi ges i un fach yn ôl. Dw i'm yn amau bod ei chlustiau hi'n fwy coch nag arfer.

Argian, roedd y cyd-ganmol 'ma'n teimlo'n uffernol o od. Tydan ni 'mond yn tynnu'n gilydd yn g'reiau fel arfer.

"Wel? Gags? Nobi? Pwy helpodd chi?" gofynnodd Donna.

Edrychodd Nobi ar Gags i gynnig iddo fo fynd gynta, ond chafodd o ddim ymateb gan hwnnw, felly mi grafodd ei ben am 'chydig, a throi at Donna a deud: "Ti – am ddangos i mi sut i abseilio."

"Diolch, ond dyna ydi'n swydd i. Isio i ti enwi un o'r tîm ydw i."

Edrychodd Nobi arnon ni i gyd yn ein tro, a chrychu ei dalcen. Roedd o'n amlwg yn cael trafferth.

"Wel, neb rîli, naddo?"

"Mae'n rhaid fod 'na rywun wedi gneud rhyw gymwynas efo ti, Nobi!"

"Naddo, fydda i byth yn gofyn am help beth bynnag. Well gen i 'neud o'n hun."

"Felly, est ti'n ôl i mewn i dy ganŵ ar dy ben dy hunan bach, do?" gofynnodd Donna'n ddiniwed.

Rhythodd Nobi arni am dipyn a chodi ei ysgwyddau. "Ocê, do, ges i help gan Dei'r adeg hynny, am wn i."

"Do, mi gest ti, Nobi. Does 'na'm byd o'i le efo gofyn i rywun am help weithiau 'sti. Tydi o'm yn arwydd o wendid."

"Os ti'n deud." Doedd o'n amlwg ddim yn bwriadu newid ei feddwl ar hast.

Trodd Donna at Gags. "Pwy helpodd chdi, Gags?"

Edrychodd arni efo gwên sych. "Ti helpodd fi i mewn i'r canŵ yn de?"

Nodiodd Donna. Roedd y gweddill ohonan ni wedi bod yn rhy brysur yn chwerthin ac yn trio llusgo Tec Pecs fel sach o datws 'nôl i mewn i'w ganŵ o.

" 'Nath 'run o'r criw yma fy helpu i naddo?"

"Ofynnaist ti am help o gwbl?"

"Naddo."

"Be am yr abseil? 'Nath rhywun gynnig gair o gyngor i chdi?"

"Naddo, do'n i'm isio cyngor gan neb."

"Oedd ganddyn nhw ofn dy helpu di tybed?"

"Ella, dwn i'm. Be 'di'r ots? Dw i'm isio chwarae'r

gêm yma ddim mwy, ocê? Mae o'n boring. C'mon, talu i ddysgu dringo a ballu wnes i, ddim i ista mewn sied yn malu cachu."

"Mae 'na betha i'w dysgu fel hyn hefyd yn does?"

"*Psychobabble*, rwtsh, mwydro. Ti'n dechrau swnio fel Oprah blydi Winfrey."

Edrychodd Donna arno fo'n galed am dipyn, yna ar ei wats.

"Ocê, ond dw i'n meddwl bod y gêm yna wedi bod yn werthfawr iawn, fy hun. Triwch gofio be mae rhai ohonoch chi wedi'i ddeud pan 'dach chi'n gwneud y tasgau ymenyddol 'ma. Mae tîm wastad yn gweithio'n well na chriw o unigolion, 'tydi?" Roedd hi'n edrych ar Gags. " 'Tydi Gags?"

"Y?"

"Pan mae dy dîm ffwtbol di'n colli, diffyg pasio sy fel arfer ar fai yn de?"

"Neu jest chwaraewyr crap."

Cododd Gags ar ei draed, a dyna ddiwedd y sgwrs. Aeth pawb allan yn araf, gan deimlo'n annifyr iawn, iawn. Doeddan ni ddim yn siŵr be oedd wedi digwydd, ond doedd Donna'n amlwg ddim yn hapus efo'i 'gêm'. Mi drois yn ôl i sbio arni cyn gadael. Roedd hi'n chwarae efo pensil, ac yn edrych yn ofnadwy o ifanc.

Pennod 8

Anelodd Gwenan yn syth am Gags ar ôl gadael y cwt, a'i llygaid yn fflamio, a sodro'i hun reit o flaen ei ên o. Mae o dipyn yn dalach na hi.

"Be ddiawl sy'n bod arnat ti, y?"

"Dim." Roedd o'n mwmblan.

"Mi o'n i'n mwynhau hynna!" Doedd hi'n sicr ddim yn mwmblan.

"Asu, tsiênj, ti'n gneud dim byd ond cwyno fel arfer."

"Ond ti wedi cymryd drosodd rŵan yn do? Be sy? Hangofyr ia?"

"Hy. Dw i'n gallu dal tipyn mwy na hynna. Dim ond cwpwl o beints gafon ni."

"Os ti'n deud. Cymysgu 'naethoch chi felly?"

"Be ti'n 'feddwl?"

Mi sbiodd hi arno fo efo hanner gwên 'dw i'm yn stiwpid, mêt' a sefyll fatha John Wayne.

"Ti'n gwbod yn iawn." Roeddan ni i gyd yn sbio a gwrando arnyn nhw, felly, mi ddaeth â'i llais i lawr, ond roeddan ni'n dal i fedru clywed. "Dôp."

"So?" Edrychodd arni yn herfeiddiol.

"Fan hyn? Efo athrawon o gwmpas lle? Ti'm yn gall, Gags."

"Hy. Does gan athrawon ddim syniad sut oglau

sy arno fo nac oes?"

"Ti'n meddwl?" Edrychodd Gwenan arno fo'n ddirmygus ac ysgwyd ei phen yn araf.

Dyna pryd daeth Donna allan; roedd hi wedi dod ati ei hun ac yn edrych yn awdurdodol eto.

"Iawn? Pawb yn barod? Meddyliau'n ffres ac yn barod am sialens?"

"Rhai ohonon ni," meddai Gwenan. "Ocê, be 'dan ni'n gorfod 'neud? Blwmin dringo eto mwn?"

Gwenodd Donna. "Ella wir! Dibynnu arnoch chi yn y bôn. Iawn, dilynwch fi."

I ffwrdd â hi am y goedwig y tu ôl i'r plasdy, ar hyd llwybr cul lle'r oedd y cerrig wedi cael polish go dda gan draed cannoedd o bobol fel ni. Cyn pen dim, roeddan ni o flaen coeden oedd yn sefyll yn ddel ar ei phen ei hun. Ac yn hongian ar ddarn o gortyn oddi ar gangen, roedd 'na chwiban oren, ymhell uwch ein pennau ni.

"Iawn 'ta," meddai Donna. "Dw i am i chi i gyd chwythu'r chwiban, ond chewch chi ddim cyffwrdd y goeden mewn unrhyw ffordd, na chyffwrdd y chwiban efo'ch dwylo."

Edrychodd pawb arni'n fud am eiliad neu ddau.

"*Come off it!*" chwarddodd Gwenan. "Mae hynna'n amhosib siŵr!"

Dim ond codi ei haeliau wnaeth Donna. Roedd Dei'n craffu'n galed ac yn rhwbio'i glust fel y bydd o pan mae o'n gweithio allan *Venn diagrams* ddeng munud cyn pawb arall mewn gwersi mathemateg.

"Aros funud," meddai. "Gwenan? Dringa ar f'ysgwyddau i."

"No wê!" gwichiodd honno. "Y pyrf!"

"Paid 'ta," meddai Dei yn hollol cŵl. "Olwen?"

Petruso wnaeth Olwen. "Be am Llion? Mae o'n 'sgafnach na fi."

Yr ast.

"*Ladies first,*" medda finnau efo gwên.

Felly mi blygodd Dei ac mi gamodd Olwen dros ei wddw tarw, a dyma'r ddau'n codi. Mi fu'n rhaid i Olwen ymestyn tipyn ar ei gwddw, ond mi lwyddodd i chwythu.

"Da iawn," meddai Donna. "Dim ond pump arall i fynd."

Fy nhro i oedd hi wedyn, ac mi fedrais innau 'i 'neud o'n weddol ddidrafferth, ond roedd hi'n fater gwahanol efo Gwenan achos roedd hi jest yn rhy fach i gyrraedd.

"Be am i chdi ei chodi hi, Gags?" gofynnodd Olwen. "Ti dipyn talach na Dei."

Mae Nobi'n dalach na Gags, ond dynnodd neb sylw at hynny.

Roedd Gags wedi bod yn pwdu yn y cysgod tan rŵan, ac heb ddeud gair o'i ben. Mi boerodd, a chamu 'mlaen.

"Ty'd 'ta." Mi gododd Gwenan fel pluen ac mi lwyddodd honno i chwibanu.

Digon hawdd hyd yma, ond roedd y tri boi mawr yn mynd i fod yn broblem.

"Mi goda i chdi, Gags," meddai Dei. "Ond dw i ddim yn siŵr am Nobi."

"Oi!" protestiodd hwnnw. "Wyt ti o bawb yn trio deud 'mod i'n dew?"

Mi lwyddodd Gags i gyrraedd yn weddol ddidrafferth, ond roedd wyneb Dei'n biws erbyn hyn. Dau ar ôl, Nobi a Dei.

"Tria 'nghodi i," cynigiodd Nobi, ac mi roddodd Dei gynnig arni. Ond ar ôl deng eiliad hir o fustachu, chwysu a rhegi, roedd o'n amlwg yn mynd i wneud niwed iddo fo'i hun, ac felly dyma'r ddau'n rhoi'r gorau iddi.

"Amser meddwl 'chydig, dîm!" gwenodd Donna, oedd yn amlwg yn cael modd i fyw.

Edrychodd pawb ar ei gilydd.

"Pyramid," meddai Olwen yn sydyn.

"Sori?"

"Fel mewn syrcas."

"Qué?" chwarddodd Nobi. "Dw i'm yn blydi acrobat!"

"Nac wyt, clown," chwyrnodd Gags. "Mae hi'n iawn – ty'd. Sut 'dan ni'n mynd i 'neud hyn?"

Ar ôl oes o ffidlan a bustachu, mi lwyddon ni i'w weithio fo allan a chodi Dei, hyd yn oed. Ond wna i'm deud wrthach chi sut – gweithiwch o allan eich hun! Ond roeddan ni i gyd, hyd yn oed Gwenan, yn chwysu chwartiau erbyn diwedd. Roedd Donna reit *impressed*, ro'n i'n gallu deud. Ond yn syth bìn, i ffwrdd â hi eto ar hyd y llwybr, yn ddyfnach i mewn i'r goedwig.

*

Toc, dyma ni'n cyrraedd clamp o graig oedd bron yn berffaith foel. Roedd hi'n gwyro'n ôl 'chydig, ond ddim llawer, ac roedd hi tua deng troedfedd o uchder. Edrychodd pawb ar y graig ac yna ar Donna.

"Del 'tydi?" gwenodd honno.

"Lyfli," meddai Nobi, ond be 'dan ni i fod i 'neud efo hi?"

"Dw i am i chi i gyd gyrraedd y top, ond unwaith 'dach chi ar y top, chewch chi ddim dod 'nôl i lawr nes mae pawb i fyny."

Ochneidiodd pawb. Doedd hwn ddim yn mynd i fod mor hawdd â'r chwiban.

Mi ddechreuon ni drwy drio hwffio Gwenan i fyny, ond er ei bod hi'n gallu cyrraedd crib y graig efo'i dwylo, roedd hi'n rhy wan i godi'i hun i fyny, ac yn gwichian mwrdwr.

"Be am Llion?" cynigiodd Nobi. "Mae o reit gry – o linyn trôns ..."

Snichyn digywilydd! Ond roedd o'n iawn wrth gwrs, a ches i ddim trafferth tynnu'n hun i fyny, ac wedyn pan hwffion nhw Gwenan i fyny, ro'n i'n gallu estyn i lawr i'w thynnu hi ata i. Do'n i 'rioed wedi cydio yn ei dwylo hi o'r blaen. Roeddan nhw'n ddwylo bach mor ddelicet a llyfn, mi wnes i ddechrau cochi ar ganol ei chodi hi, ond 'nath neb sylwi. Ac es i'n od i gyd pan fu raid i mi afael yng nghefn ei throwsus hi i'w halio i fyny'n iawn.

"Diolch, Llion," meddai hi ar ôl codi ar ei thraed, "ond mi wnest ti fwynhau hynna fwy na fi yn do?"

Wnes i'm ateb, dim ond pwyso i lawr eto yn barod i wneud yr un peth efo Olwen. Roedd honno dipyn trymach.

"Helpa fi, Gwenan!"

"O … sori," meddai hi a chydio yn llawes Olwen.

"Watsia!" gwaeddodd Olwen arni pan ddechreuodd rhywbeth rwygo. "Dw i'n licio'r top yma!"

"Wps … sori," ac mi lwyddodd i afael o dan ei hysgwydd a'n helpu i i'w thynnu i fyny.

Tri i fyny, tri mawr i fynd.

"Iawn, fi rŵan," meddai Gags a dechrau gosod ei draed ar bennau gliniau Nobi.

"Na," meddai Olwen yn uchel yn ei llais athrawes, "wneith hynna ddim gweithio."

"Gneith tad," wfftiodd Gags. "Ty'd Dei. A watsia lle ti'n rhoi dy ddwylo."

Ond roedd Olwen yn daer. "Na, rhaid i Dei ddod nesa."

"Pam? Be w'st ti?" Roedd ffroenau Gags yn cau ac agor.

Ond roedd Olwen yn benderfynol. "Mae angen dau i'w godi o'n ddigon uchel i ni gael gafael ynddo fo."

Roedd hi'n iawn wrth gwrs, ac yn y diwedd, mi fu'n rhaid i Gags dderbyn hynny hefyd. Ond doedd o ddim yn hapus yn cael ei gywiro fel 'na. Ac roedd 'na wên smyg ar wyneb Olwen. Mae'r ddau yna wastad wedi bod yn gystadleuol.

Roedd codi Dei yn dipyn o sioe. I ddechrau cychwyn, roedd Nobi a Gags yn cwyno'n uffernol o dan ei bwysau o. Wedyn roedd gan Gwenan ofn y bysai fo'n ein tynnu ni i gyd i lawr efo fo, ac y bysan ni'n torri'n gyddfau. Ond, rywsut, ar ôl lot fawr o weiddi, mi lusgodd Dei dros yr ochr, a'i wyneb yn fflamgoch.

"Argol, roedd hynna'n anodd," meddai fo, gan sychu'r chwys o'i dalcen.

"Ddim mor boenus ag roedd o i ni, gyfaill," medda fi. Roedd fy mreichiau i'n teimlo fel 'tasen nhw wedi dod yn rhydd o f'ysgwyddau i.

"Reit," meddai Olwen, wrth sbio i lawr ar Gags a Nobi. "Pa un ohonoch chi sy'n mynd i fedru neidio orau?"

Edrychodd y ddau ar ei gilydd.

"Gags," meddai Gwenan efo gwên fach ddrwg. "Mae o lot gwell jymp-ar!"

Dw i'n synnu bod Olwen heb wneud yn ei throwsus, roedd hi'n chwerthin cymaint.

"Be? Ti mewn sefyllfa i gymharu, Gwenan?" gwenodd Dei, ac mi gafodd ddwrn yn ei fraich ganddi. Roeddan ni i gyd mewn hwyliau da am y tro cynta. Pawb ond Gags – doedd o ddim yn gweld y peth yn ddigri o gwbl.

"Iawn, mi a' i ola," meddai, "ond sut dw i i fod i gael hwn i fyny heb dorri 'nghefn?"

"Duwcs, ti'n ddigon cry siawns," meddai Gwenan. Roedd hi'n amlwg yn dechrau mwynhau cega'n ôl ar ei chariad. "Ty'd Nobi, ar ei sgwyddau fo!"

Pwysodd Gags yn erbyn y graig, ac mi ddringodd Nobi i fyny dros ei gorff o nes roedd ei ddwy droed o ar ysgwyddau Gags.

"Brysia!"gwingodd hwnnw. "Mae 'mhennau gliniau i jest â mynd."

Dei gafodd y gafael gorau yn Nobi, ond roedd Olwen a Gwenan yn gorfod gafael yn dynn yn Dei, a finnau'n helpu Dei orau gallwn i. Yn y diwedd, mi ddoth Nobi i fyny'n gynt na'r disgwyl a glanio ar ben Dei, oedd wedi glanio ar ben Gwenan ac Olwen. Roedd o fel gêm o 'Twister', a phen Dei yn rhywle 'swn i wedi rhoi'r byd am gael bod.

Ta waeth, roedd Gags ar ôl.

"Ylwch," meddai, "mi fedra i neidio reit uchel, ond wna i byth gyrraedd lle mae'ch dwylo chi."

Roedd o'n iawn. Dyna pryd y ces i syniad.

"Ym … mae gen i syniad," medda fi, ond 'nath neb wrando arna i; roeddan nhw i gyd yn rhy brysur yn cega dros eu syniadau nhw, oedd yn rhai hollol stiwpid.

"Hei … dw i'n gwbod be i 'neud," medda fi eto, mewn llais uwch.

Mi glywodd Nobi fi, ond chymerodd o ddim sylw. Ro'n i'n dechrau berwi rŵan. Ocê, ella 'mod i'n anobeithiol mewn lot o bethau, ac yn waeth fyth mewn chwaraeon, a phob un ohonyn nhw'n gwbod hynny, ond dw i'n cael marciau golew yn ffiseg, diolch yn fawr. Mi benderfynais i roi cynnig arall arni, a chodi'n llais yn uwch eto.

"Be am i ni … be 'tasai ni … ylwch, dw i'n …" ond doedd 'na affliw o neb hyd yn oed yn sbio arna i!

Reit 'ta, ro'n i wedi gwylltio rŵan. Ro'n i'n gallu teimlo gwallt fy mhen yn codi a 'nwylo'n mynd yn dynn. "Gwrandwch arna i'r bastads!"

Argol, wyddwn i 'rioed 'mod i'n gallu gweiddi fel 'na. Roeddan nhw i gyd wedi stopio'n stond ac yn rhythu arna i yn geg-agored.

"Argol, wyddwn i 'rioed fod gen ti ffasiwn lais," meddai Dei. "Be sy?"

"Dw i'n trio deud ers meitin …"

"Ocê, ocê," meddai Nobi, " 'sdim isio gwylltio nac oes?"

Yn y diwedd, mi fedrais i ddeud be oedd fy nghynllun i, ac mi nodiodd pawb eu pennau. Roeddan nhw i gyd yn cytuno efo fi. Waw.

"Wel, allwn ni 'i drio fo," meddai Olwen. Doedd hi'n amlwg ddim cweit mor siŵr. Mae hi wastad mor bendant mai hi sy'n iawn 'tydi? Mae 'na lot i'w ddeud dros ferched twp. "Ond pwy sy'n mynd i fod yr un i hongian?"

Do'n i'm wedi meddwl am hynna. Roedd Dei'n rhy drwm, Gwenan yn rhy fyr.

"Chdi, fi neu Nobi," medda fi.

Edrychodd Nobi ac Olwen ar ei gilydd.

"Ti ydi'r un hira," meddai Olwen.

"Ti ydi'r un 'sgafna," meddai Nobi wrthi. "O, naci, Trôns ydi'r 'sgafna yn de? Ti'n eitha llond dy groen rîli, 'dwyt Ol?"

Sbiodd Olwen arno fo efo llygaid slits.

"Dw i'n meddwl mai un o'r hogiau ddylai 'neud," meddai Gwenan. "Dw i'm yn licio'r syniad o Gags yn dringo dros Olwen druan."

"Ych, na fi," meddai Olwen.

Felly roedd hi rhwng Nobi a fi.

"Dy syniad di ydi o," meddai Nobi.

"Ond ti gymaint mwy," meddai Dei, "a mwy i Gags afael ynddo fo."

"Be am fôt?" medda fi, ac mi gytunodd pawb.

A Nobi enillodd, neu gollodd, dibynnu sut mae rhywun yn sbio arno fo. Felly, wedi gwgu arna i, ond heb fy mygwth i 'chwaith – am unwaith – dyma Nobi'n gollwng ei hun dros yr ochr, fel bod ei ysgwyddau a'i freichiau o'n dal dros y top, ond ei goesau hirion yn hongian i lawr, a ninnau i gyd yn gafael yn sownd ynddo fo.

"Fedri di gyrraedd ei draed o fel 'na, Gags?" holodd Dei.

Cododd Gags ei ysgwyddau, doedd o ddim yn siŵr. Mi neidiodd unwaith neu ddwy, ond roedd o fodfeddi allan ohoni.

"Dos yn d'ôl fymryn a tria redeg ato fo," cynigiais i.

"Be? A thorri 'nhrwyn yn erbyn y blydi garreg 'ma?" chwarddodd Gags. "Callia!"

"Na, ella y gneith o wahaniaeth," meddai Olwen. "A defnyddia dy goes yn erbyn y graig i gael mwy o *propulsion*."

"Gyriant," cywirodd Dei. "Gyriant ydi'r term cywir."

Chymerodd neb sylw ohono fo.

Syllodd Gags ar y graig am 'chydig, cyn ymarfer ambell i naid fach gyflym. Doedd o'n amlwg ddim yn hapus. Trodd at Donna, oedd wedi bod yn gwylio'r cwbl yn dawel bach.

"Oes raid i mi 'neud hyn?"

"Nac oes," atebodd Donna.

"Be sy'n digwydd os 'dan ni'n penderfynu rhoi'r gorau iddi? 'Dan ni wedi cael pump i fyny yn do?"

Rhwbiodd Donna'i thrwyn wrth feddwl am ateb.

"Mae o i fyny i chi fel tîm," meddai yn y diwedd.

Trodd Gags aton ni. "Dw i'n cynnig ein bod ni'n rhoi'r gorau iddi."

"Dim ffiars o beryg!" gwaeddodd Gwenan. "Fyddan ni wedi methu wedyn! Ty'd yn dy flaen, Gags!"

"Blydi hel, ia," gwingodd Nobi. "Mae gen i bethau gwell i'w gwneud na hongian o gwmpas fan hyn drwy'r dydd!"

"Ti 'rioed yn mynd i adael dy dîm i lawr, Gags?" gofynnodd Olwen gan sbio'n galed arno fo. " 'Di hynna ddim fel ti."

Edrychodd yn ôl arni a'i lygaid yn pefrio.

"Iawn i chdi ddeud hynna fyny fan 'na 'tydi, madam?" atebodd yn sych. Oedodd am funud a chwarae efo 'chydig o *chippings* gyda blaen ei droed. Yna cododd ei ben. "Ocê, ond dw i 'mond yn rhoi un cynnig arni. 'Dach chi'n barod?"

"Ers meitin!" gwaeddodd Nobi.

Camodd Gags yn ôl, yna anadlu'n ddwfn. Mi afaelais yn dynnach yn Nobi. Dechreuodd Gags redeg, a chodi cyflymdra. Roedd llygaid Nobi ar gau. Neidiodd Gags, a tharanu ei droed yn erbyn y graig, a'r peth nesa, roedd o'n gafael am ddwy ffêr Nobi, a hwnnw'n rhuo mewn poen.

"Grêt!" medda fi, wedi cynhyrfu'n rhacs. "Rŵan, dringa i fyny! Dyro dy draed yn fflat fel pan ti'n abseilio!"

Llwyddodd Gags i dynnu ei hun i fyny corff Nobi, llaw dros law, nes roeddan ni'n gallu plygu drosodd i'w lusgo dros yr ochr. Mi laniodd ar fy mhen i, ac ro'n i'n gallu ei deimlo'n crynu drosto.

"Briliant, Gags!" chwarddodd Gwenan. *"My hero!"*

"Sgiws mi, 'de," daeth llais Nobi o rywle. "Ond

oes 'na jans i mi gael help i fyny?"

Roedd Donna'n amlwg wedi'i phlesio, ac mi wnaethon ni ryw hanner dwsin o dasgau tebyg wedyn, a mwynhau'n uffernol, a doedd dim rhaid i mi godi'n llais unwaith i gael cynnig syniad. Roeddan ni i gyd yn gwrando ar ein gilydd ac yn gweithio'n grêt fel tîm bellach. Ond digon tawel oedd Gags. Ro'n i'n meddwl y byddai ei lwyddiant o wrth ddringo i fyny'r graig wedi codi ei ego fo i'w faint arferol, ond doedd o ddim. Neu roedd o jest wedi pwdu, yr hen fabi.

Mi dreulion ni'r pnawn yn mynd â'n dillad oren a'n sgidiau cerdded ac ati yn ôl i'r cwt adnoddau i'w glanhau a'u sgwrio, a helpu'r staff i roi trefn ar bob dim ar gyfer y criw nesa. Ro'n i'n teimlo reit drist, achos roedd y cwbl wedi hedfan heibio yn y diwedd.

Pennod 9

Ar ôl y swper ola (sosej, bîns a tjips – lyfli), mi gododd Roger y Pennaeth ar ei draed i roi araith fach am ba mor wych oeddan ni wedi bod, ac y dylai'r ysgol fod yn falch ohonan ni, a dymuno'n dda i ni ar gyfer y canlyniadau 'fory. Mi sobrodd pawb wedyn, roeddan ni wedi anghofio amdanyn nhw. Wel, mi ro'n i beth bynnag. A do'n i ddim isio meddwl amdanyn nhw 'chwaith. Felly ro'n i reit falch pan ddechreuodd o sôn y byddai 'na ddisgo ar ein cyfer ni ar ôl swper. Nid 'mod i'n un am ddisgos, ond roedd Gwenan wedi mopio.

"Yeeeees!" gwaeddodd. "Ga i wisgo dillad call o'r diwedd! A sgidiau sodlau normal!"

Ond mi gaeodd ei cheg pan ddeudodd y byddai 'na dwmpath yn gynta. Twmpath? Be oedd o'n 'feddwl oeddan ni? Y blydi Urdd? Ro'n i'n cofio mynd i Glan-llyn am benwythnos pan o'n i yn yr ysgol gynradd a chael fy ngorfodi i bromenadio efo rhyw genod cegog ddwywaith mwy na fi, drwy blydi nos. Do'n i'm isio gweld twmpath am weddill fy mywyd.

Mi wnaethon ni drio osgoi cael ein hel yno, ond roedd Tecs Pecs yn hofran o gwmpas y lle fel rhyw eryr mawr hyll, a doedd gynnon ni'm dewis. Pam fod pobol hŷn wastad yn meddwl y byddan ni'n mwynhau rhwbath dim ond i ni roi cynnig arno fo? Fydda i byth, no wê, yn mwynhau twmpath, tydi o jest ddim yn fi.

Ac mi roedd Tecs yn rêl bali giamstar am droelli doedd? Wrth ei fodd efo'i fachau am ganol Donna, yn ei throi hi mor gyflym nes roedd hi'n gwichian. Donna lusgodd fi i mewn i'r cylch yn y diwedd, a gwneud i mi sefyll wrth ei hochr hi, a gafael yn ei llaw hi. Do'n i'm yn meindio'r darn yna, ond roedd fy nwylo i'n mynnu chwysu. Ro'n i'n trio'u sychu nhw ar gefn fy jîns bob hyn a hyn, ond roeddan nhw'n llifo efo chwys, ac ro'n i'n gwbod bod fy llaw i'n teimlo fel rhyw lyffant seimllyd yn llaw gynnes Donna, ac roedd hynna'n gneud i mi chwysu'n waeth. A fedra i ddim sgipio.

Ges i ffit pan welais i Nobi'n promenadio efo rhyw flondan – ac roedd o'n edrych fel 'tasai fo'n 'i fwynhau ei hun. Ond dyna ni, beryg nad ydi o'n cael llawer o gyfle i fod mor agos at ferch, waeth gen i faint o frolio mae o'n ei wneud am ei orchestion rhywiol.

Roedd Dei yn taranu o gwmpas y lle, yn gwenu fel giât, a'i ffrinj yn blastar gwlyb ar ei dalcen. Ond roedd Gags yn sefyll fel bwch yn y gornel agosa at y drws, ac yn gwthio Gwenan i ffwrdd bob tro roedd hi'n trio'i dynnu o i mewn i'r cylch. Mi roddodd hi'r gorau iddi wedyn a dod i chwilio amdana i. Ro'n i wrth fy modd wrth reswm, er 'mod i'n cachu planciau. Beryg y bysai Gags yn rhoi stîd i mi nes 'mlaen, ond pan sbies i arno fo, roedd ei lygaid o'n bell i ffwrdd.

Roeddan ni'n cael hanner awr bach o hoe cyn y

disgo, felly aeth pawb allan i'r tywyllwch, y rhan fwya am ffags, a rhai o'r genod i newid eto fyth. Mi sylwais ar Nobi'n anelu'n syth am y cwt adnoddau, ac aeth 'na gwpwl o'r 'A' crowd ar ei ôl o, a Gags. Fan 'no roeddan nhw wedi stashio'u lysh a'u dôp a'u be bynnag arall, mae'n amlwg. 'Swn i'm wedi meindio 'chydig bach o rwbath fy hun, ond dyna ni.

"Hei – Llion!"

Mi drois i gyfeiriad y llais. Gwenan oedd yno, efo Olwen. Roedd y ddwy'n cuddio y tu ôl i goeden fawr dderw.

"Be?"

"Ty'd yma!" meddai Olwen. "Brysia!"

Cuddio y tu ôl i goeden, efo dwy hogan, yn y tywyllwch? Ro'n i yno fel shot. Roedd Gwenan wedi newid i ryw dop bach, fawr mwy na hances, ac yn edrych yn hollol *stunning*, ac roedd ganddyn nhw botel o rwbath.

"Be 'di o?" gofynnais.

Gwenodd y ddwy. "Vodka."

Damia, gas gen i'r stwff. Ges i sloch slei o botel Mam un tro, a jest i mi chwydu, ond do'n i'm isio edrych fel wimp.

"O, grêt," medda fi, a chymryd y botel, a llyncu. Roedd o'n wirioneddol afiach, ac mi allwn i deimlo 'nghorn gwddw yn crebachu. "Sgynnoch chi'm lemonêd neu rwbath i fynd efo fo?" gofynnais, yn trio gwneud i'm llais swnio'n normal.

"Nac oes. Pam? Ydi o'n rhy gry i chdi?" chwarddodd Olwen yn sbeitlyd, gan gymryd swig hegar.

Mi sbiais yn wirion arni. Wnes i 'rioed ddychmygu

y byddai hi'n yfed. Mae ei thad hi'n weinidog wedi'r cwbl. Ond rheiny sydd waetha yn de?

Mi gymerais i swig neu dri arall, nes roedd fy mhen i'n troi, ond ddim hanner cymaint â nhw eu dwy. Roedd eu llygaid nhw'n sgleinio yn y tywyllwch, a'u lleisiau'n mynd yn uwch, ac Olwen yn giglan bron gymaint â Gwenan.

"Lle mae Gags?" gofynnodd Gwenan.

Do'n i'm yn mynd i ddeud nac o'n? Ro'n i reit hapus fel roedd pethau, diolch yn fawr. Argol, ro'n i'n licio top Gwenan.

"Paid â phoeni amdano fo rŵan, Gwenan," meddai Olwen. "Mae o wedi bod yn rêl crinc efo chdi ... tydi Llion?"

"Ym, ydi," cytunais yn ofalus.

"Ond tydi o'm fel 'na pan fyddan ni ar ein pen ein hunain," protestiodd Gwenan. "Mae o'n grêt y rhan fwya o'r amser. Mae o jest ... wel ... wedi bod yn od yn ddiweddar."

"Od? Diawl blin, annifyr ti'n 'feddwl," meddai Olwen. "Does ganddo fo'm hawl dy drin di fel ... fel cadach llawr."

"Tydi o ddim!"

"Ydi mae o, Gwenan! Mae o'n dy fychanu di o flaen pawb ... tydi Llion?"

"Ym ..." Hec, ro'n i ar dir peryg rŵan.

"Yr ecsams 'ma sydd wedi deud arno fo," protestiodd Gwenan efo mwy o sglein nag arfer yn ei llygaid. "Mae o wedi bod yn gweithio'n uffernol o galed."

"Gags?" medda fi, wedi'n synnu. "Ers pryd mae

o'n gorfod gweithio i basio dim?"

"O, 'dach chi jest ddim yn dallt," meddai Gwenan yn flin.

"Ti'n deud wrtha i," meddai Olwen. "Fyswn i byth yn gadael i neb fy nhrin i fel 'na."

"Ia, a sbia faint o hogiau ti 'di cael!" saethodd Gwenan yn ôl yn sbeitlyd.

Edrychodd Olwen arni'n araf. Roedd hynna'n amlwg wedi brifo, ac mi ro'n i'n teimlo'n annifyr iawn rhwng y ddwy. Roedd Gwenan yn edrych fel 'tasai hi'n difaru deud hynna, ond wnaeth hi ddim ymddiheuro. Ar ôl eiliadau hirion o dawelwch, mi glywson ni fiwsig yn dod o'r neuadd.

"Awn ni i mewn, ia?" gofynnodd Olwen yn isel. Roedd ei llygaid hi'n sgleinio go iawn erbyn hyn.

"Ia," cytunodd Gwenan. "A' i jest i chwilio am Gags."

Felly aeth Olwen a fi am y neuadd efo'n gilydd, tra aeth Gwenan rownd y gwahanol gutiau.

"Doedd hi'm yn ei feddwl o 'sti," medda fi wrth Olwen.

"Oedd, mi roedd hi," atebodd hithau'n swta, felly mi gaeais fy ngheg.

Mi ddoth Gwenan i mewn aton ni ar ôl rhyw bum munud, ar ei phen ei hun.

" 'Nes i 'i ffendio fo," gwaeddodd dros y sŵn, "ond doedd o'm isio dod i mewn. Stwffio fo. Ti ffansi bop, Llion?"

O'n i'n ffansio cyfle i ddawnsio efo Gwenan? Ydi Michelle Pfeiffer yn ddel? Roedd hon yn troi yn noson i'w chofio!

"Iawn," medda fi, yn cŵl i gyd, ac i ffwrdd â ni i ganol y cyplau eraill.

Mi ges i edrychiad od gan Nobi pan welodd o fi'n dawnsio efo Gwenan, ond ddeudodd o'm byd. Be oedd Gags yn ei wneud y tu allan ar ei ben ei hun 'ta? Ond wnes i'm meddwl gormod am y peth, ro'n i'n rhy brysur yn trio symud yn cŵl efo Gwenan. Pan newidiodd y gân, wnaeth hi ddim cerdded i ffwrdd, felly wnes innau ddim 'chwaith, ac roedd hi'n dod yn agosach ata i o hyd, ac yn dechrau 'nghyffwrdd i bob hyn a hyn, ac yn gwneud y pethau rhyfedda efo'i phelfis. Roedd yr hogan yn gallu symud.

Ar ôl sbel, allwn i ddim tynnu'n llygaid oddi arni, ac roedd hithau'n sbio i fyw fy llygaid i. Doedd 'na'm pwynt trio siarad, allen ni ddim clywed gair dros y sŵn, ond pan afaelodd hi yn fy llaw i, ac edrych i gyfeiriad y drws, ro'n i'n dallt yn iawn.

Pum munud yn ddiweddarach, roeddan ni'n snogio'n wyllt o dan y goeden lle'r oeddan ni gynnau, ac ro'n i'n amau am funud 'mod i wedi marw ac wedi hedfan i'r nefoedd a bod yna ugeiniau o angylion bychain yn chwarae piano ar fy asgwrn cefn i. Roedd hyn yn briliant. Ond yn sydyn, jest fel ro'n i'n cael y gyts i grwydro tipyn, mi dynnodd Gwenan yn ôl. Roedd ei hwyneb hi'n wyn.

"Sori," meddai mewn llais cryg. "Dw i'n teimlo'n sâl."

Ac mi chwydodd dros fy sgidiau i. Sosej bîns a chips. Lyfli.

*

Doedd pethau ddim cweit yr un fath wedyn. Yn enwedig pan welais i foi tal, gwallt melyn yn picio y tu ôl i gwt sinc efo merch hollol gorjys â phen-ôl perffaith. Yn anffodus, roedd Gwenan wedi dod ati ei hun ac wedi sylwi hefyd. Mi blannodd ei hewinedd yn fy mraich.

"Welaist ti hynna?"

"Aw! Be? Fi? Naddo."

"Gags oedd o!"

"Go brin."

"Ia, bendant, mae gen i fath o *radar* lle mae o yn y cwestiwn – a pwy oedd efo fo?" Roedd hi'n amlwg wedi cynhyrfu eto.

"Ym, welais i neb." Pam ro'n i'n trio achub ei groen o fel hyn? Dyma 'nghyfle mawr i o'r diwedd!

"Donna oedd hi yn de?"

"Donna? Na, dw i'm yn ..."

"Ia, dw i'n gwbod yn iawn mai hi oedd hi! Wel, yr hen ast! A pwy mae o'n ei feddwl ydi o yn tw-teimio fi fel 'na?"

A chyn i mi allu ei stopio hi, roedd hi'n rhedeg ar draws y *chippings* yn ei sodlau anferthol. Erbyn i mi ddal i fyny efo hi wrth y cwt, doedd 'na'm golwg ohono fo, ac er i ni chwilio ym mhobman, welson ni neb, dim ond Aled efo'i dafod i lawr corn gwddw Brenda Davies. Aethon ni'n ôl i'r disgo, a doedd Gags ddim yn fan 'no 'chwaith, ond mi roedd Donna. O diar. Mi lamodd Gwenan yn syth amdani a sgwario i fyny iddi.

"Lle mae o?"

Edrychodd Donna arni'n hurt. "Pwy?"

"Gags debyg iawn!"

Oedodd Donna am eiliad. "Be wn i?" meddai hi'n hollol cŵl. "Pam? Be sy?"

"Dw i methu ffendio fo!"

"Dw i'n siŵr ei fod o'n gallu edrych ar ei ôl ei hun, Gwenan," meddai Donna'n ofalus.

"Oedd 'na rywun efo fo gynnau ..." meddai Gwenan a'i llygaid yn fflachio, "... rhywun efo gwallt hir melyn."

"O. Dw i'n gweld. A ti'n meddwl mai fi oedd hi?"

"Wel? Ti oedd hi 'ta?"

Roedd y ddwy'n sbio ar ei gilydd fel dau geiliog, a doedd gen i'm clem be i'w wneud. Gas gen i bobol yn ffraeo.

"Mi fues i'n siarad efo fo, do, wel trio," eglurodd Donna yn bwyllog. "Ro'n i'n poeni amdano fo."

"O? Oeddat ti 'fyd?"

"Oeddwn. Mae 'na rywbeth ddim cweit yn iawn efo fo yn does?"

Sythodd Gwenan.

"A be yn union mae hynna i fod i feddwl?"

"Gwenan, roedd o'n gwrthod siarad efo fi! A do'n i'm yn lecio'r olwg oedd arno fo. Mae 'na rwbath ar ei feddwl o ..."

"Oes! Fi! A gad di lonydd iddo fo! Sticia di at ddynion yr un oed â chdi!"

Roedd hi'n amlwg fod Donna'n dechrau colli amynedd, felly cyn i bethau droi'n wirioneddol gas, mi afaelais ym mraich Gwenan a sibrwd yn ei chlust hi ella y dylen ni fynd i chwilio am Gags. Diolch byth, mi 'nath hi gallio, rhoi edrychiad budr i Donna a throi ar ei sawdl i gyfeiriad Olwen, oedd yn pwyso yn erbyn y wal yn edrych yn bôrd.

Mi fues i'n helpu'r ddwy i chwilio am dipyn, ond doedd na'm golwg ohono fo. Aethon ni'n ôl at y botel vodka, ond doedd Gwenan yn amlwg ddim isio 'nghwmni i mwyach, ac yn crio bwcedi ar ysgwydd Olwen. Merched. Dw i'm yn gwbod be i'w 'neud efo merched sy'n crio, felly es i'n ôl i mewn i'r disgo. A do'n i'm yn dallt 'chwaith pam fod Olwen wedi rhoi'r gorau i ddeud cymaint o snichyn ydi Gags, a jest yn gwrando ar Gwenan yn crio a mwydro cymaint roedd hi'n ei garu o.

Daeth Donna ata i'n syth.

"Ydach chi wedi dod o hyd iddo fo?"

"Naddo."

"Pa mor dda wyt ti'n ei nabod o?"

"Ddim yn dda iawn."

"Ond ti yn yr un dosbarth â fo?"

"Ydw, gwaetha'r modd."

"Pam ti'n deud hynna?"

"Mae o mor blincin perffaith 'tydi? Cael y marciau gorau yn bob dim, y genod i gyd yn glafoerio drosto fo, tydi o jest ddim yn gorfod trio nac 'di?"

"Ti'n siŵr?"

"Oedd Gwenan yn trio deud ei fod o'n gweithio, ond mi fysai hi'n deud hynna'n bysai?"

"Bysai, mae'n siŵr. Felly ti'm yn meddwl bod 'na'm byd o'i le arno fo?"

"Nac 'dw. Jest wedi pwdu mae o am wn i."

"Oherwydd ei fod o heb fod yn gymaint o seren ag roedd o wedi disgwyl?"

"Rhwbath fel 'na."

"Wel, mae hynna'n digwydd weithiau." Roedd hi'n edrych yn hapusach rŵan. "Wel, iawn 'ta, dw i'm angen yr hasyl yma beth bynnag."

"Na, a dw i'n gwbod fod Gwenan ddim wedi meddwl deud be ddeudodd hi."

"Dw i'n gwbod. Diolch i ti, Llion." Mi wenodd arna i, a mynd 'nôl at yr hyfforddwyr eraill.

Roedd Dei yn eistedd yng nghefn y neuadd efo Jason a rheina, felly es i draw atyn nhw, a fan 'no buon ni drwy nos fwy neu lai. Gas gen i ddisgos, yn enwedig pan mae'r *smooches* ymlaen. Yn enwedig pan mae snichyn hyll fel Tecs Pecs yn dawnsio'n rhy agos o beth coblyn at rywun fel Donna. Pan aethon ni allan, roedd Gwenan ac Olwen wedi hen fynd, i grio mwy mae'n siŵr.

Pennod 10

Pan es i lawr i frecwast y bore wedyn, roedd llygaid pawb fel marblis. Rhai wedi cael partis drwy'r nos yn rhywle mae'n amlwg. Typical, dw i wastad yn colli'r hwyl i gyd. A phan ddaeth Gwenan i mewn, 'nath hi'm sbio arna i. Fflipin hec, doedd hi 'rioed yn fy meio i? Daeth Nobi draw at Dei a finnau, efo powlan o gornfflêcs a gwallt fel crib iâr.

"S'ma'i hogiau? Noson dda doedd?" Roedd 'na wên ryfedd ar ei wyneb o; roedd o'n amlwg wedi cael amser da efo rhyw greadures ddall efo IQ dafad. " 'Dach chi 'di gweld Gags?"

"Naddo," atebodd Dei efo llond ceg o frechdan wy.

"Y diawl drwg heb gysgu yn ei wely ei hun neithiwr!" chwarddodd Nobi. Yna trodd at fwrdd Gwenan ac Olwen a gweiddi: "Hei! Lle mae Gags gen ti? Dal i chwyrnu mwn! Gobeithio fod 'na well hwyl arno fo na neithiwr – roedd o'n uffernol o flin pan welais i o ddwytha. Ond ti'n gwbod sut i'w drin o'n well na fi 'dwyt?"

Edrychodd Gwenan arno'n fud am eiliad, a dyma ei gwefus isa hi'n dechrau crynu, ac mi gododd fel mellten a rhedeg allan o'r stafell.

Edrychodd Nobi'n hurt arni'n gadael. "Be uffar sy'n bod arni hi?"

Daeth Olwen draw aton ni, a'i llygaid ar dân.

"Fedri di'm cau dy hen geg, Nobi? Rhwbio halen i'r briw fel 'na."

Crychodd Nobi ei dalcen. "Pa friw?"

Ochneidiodd Olwen a cheisio egluro. "Doedd o'm efo Gwenan neithiwr."

"O. Dw i'n gweld. Lle mae o 'ta?" holodd Nobi'n swta. "Doedd o'm efo ni. Welais i mono fo o gwbl ar ôl i'r disgo ddechrau."

Cododd Dei ar ei draed a sganio'r stafell. "Wela i ddim fod neb arall ar goll."

" 'Sai well i ni sôn wrth rywun?" holais i, gan ddechrau teimlo'n annifyr.

"Na, 'sdim isio gneud rhyw hen lol nac oes?" meddai Nobi. "Mi ddaw yn ei ôl toc, efo uffar o stori fawr. Wedi bachu, garantîd i ti. Crinc lwcus fuodd o 'rioed."

Toc wedyn, mi gododd Tecs Pecs ar ei draed a tharo'r bwrdd efo llwy.

"Tawelwch os gwelwch yn dda! Diolch. Reit, mewn hanner awr, mi fydda i'n ffonio'r Prifathro, ac mi fydd yn ffacsio'r canlyniadau TGAU i mi."

Dechreuodd pawb ochneidio a chwyno a gneud stumiau, hyd yn oed y rhai roedd pawb yn gwbod y byddan nhw'n cael o leia deg A*.

"Tawelwch!" gwaeddodd Tecs. "Dowch 'laen, mi fyddwch chi wedi gwnuead yn well na'r disgwyl, gewch chi weld. Ac ymhen yr awr, gewch chi ddod ata i yn stafell y Pennaeth i dderbyn eich canlyniadau'n unigol. Yn y cyfamser, ewch i bacio a thwtio'ch stafelloedd. Wela i chi cyn bo hir!"

Mi gododd pawb yn hollol *depressed*, a chychwyn yn araf am eu stafelloedd. Ond fel ro'n i'n mynd trwy'r drws, daeth Donna ar fy nhraws i.

"Sgiwsia fi, Donna," medda fi wrthi, " ond dw i'n meddwl y dylwn i ddeud wrthat ti …"

"Be?"

"Mae Gags ar goll." Mi eglurais i'r stori iddi, ac mi aeth hi reit welw. "Ond ella y daw o'n ôl yn munud, felly doeddan ni'm isio gneud ffys. Ond mae gen i ryw deimlad annifyr …"

"Finnau hefyd," meddai. "Mi ddylwn i ddeud wrth y Pennaeth 'sti. Ond a' i jest i'w stafell o i 'neud siŵr."

Es i efo hi, a doedd o'm yno. Roedd Nobi'n dechrau poeni rŵan hefyd.

"Gad i ni jest chwilio o gwmpas y cwt, a'r coed yn cefn cyn deud wrth y bòs," meddai. "Ella 'i fod o'n dal i gysgu ar ôl … ym … be gym'rodd o neithiwr."

Edrychodd Donna arno fo'n siarp, ond ddeudodd hi'm byd, heblaw: "Iawn. Deng munud o chwilio, a phawb i gyfarfod wrth y cwt adnoddau wedyn."

Aeth pawb allan, ac mi es i i nôl Dei a'r hogiau.

Ddeng munud yn ddiweddarach, roeddan ni i gyd wrth y cwt, a neb wedi gweld golwg ohono fo.

"Mi fydd raid i mi ddeud rŵan," meddai Donna, oedd wedi dechrau cnoi'r croen o gwmpas ei hewinedd. "Mi fydd raid i ni drefnu i chwilio go iawn." Ac i ffwrdd â hi i gyfeiriad stafell y Pennaeth.

*

O fewn cwta chwarter awr, roedd yr hyfforddwyr i gyd wedi hel yn y cyntedd, efo paciau ar eu cefnau, ac yn pori dros fapiau a threfnu pwy oedd yn mynd i ble. Roedd Gwenan yno, yn sefyll yn stond, a'i llygaid fel soseri, yn troi a throi hances bapur yn ei llaw, nes roedd 'na ddarnau ohoni'n gonffeti ar y llawr.

"Paid â phoeni gormod," meddai Olwen wrthi. "Os ydi o wedi disgyn neu rwbath, mi fydd rhain yn siŵr o fedru'i achub o."

"Disgyn? Be? Ti'n meddwl mai dyna mae o 'di 'neud? Ac wedi bod ar ei ben ei hun drwy'r nos – wedi torri'i goes neu rwbath? O plis na!" Dechreuodd grio nes roedd o'n brifo i'w chlywed hi.

Ro'n i'n teimlo'n uffernol. Onibai am y sgwrs ges i efo Donna, ella y bysan nhw wedi mynd i chwilio amdano fo neithiwr. Ro'n i'n dechrau teimlo'n sâl.

Aeth yr hyfforddwyr allan yn dawel a mynd fesul pâr i wahanol gyfeiriadau. Rhuthrodd Nobi ar eu holau, yn amlwg isio mynd efo nhw. Ro'n innau'n teimlo'r un peth; roedd synnwyr cyffredin yn deud mai gorau po fwya fyddai'n chwilio amdano fo. Ond roedd Tecs Pecs a'r Pennaeth yn daer – roeddan ni i gyd i fod i aros lle'r oeddan ni, a dyna'r cyngor gafodd Nobi hefyd. Edrychai mor bathetic â'i ddwylo yn ei bocedi, yn eu gwylio nhw'n mynd efo'r cerddediad hir, rhythmig 'na sydd gan fynyddwyr. Daeth 'nôl i mewn aton ni, a syllu ar Tecs Pecs.

"Be 'dan ni i fod i 'neud 'ta, syr? Jest hongian o gwmpas nes dôn' nhw'n ôl?"

"Wel," cychwynnodd Tecs. Roedd o'n amlwg

cymaint ar goll â'r gweddill ohonon ni. "Ydach chi wedi gorffen pacio?"

"Do."

"Be am bethau Gareth? Hwyrach y byddai'n syniad i rywun bacio ar ei ran o, rhag ofn."

Cododd Gwenan ei phen. "Rhag ofn be syr?"

Aeth o'n annifyr i gyd. "Ym … rhag ofn y bydd yn rhaid mynd â fo i'r ysbyty ar frys."

Aeth Gwenan fel y galchen.

Brysiodd Tecs i chwilio am rwbath call i'w ddeud.

"Ond dw i'n siŵr y bydd o'n iawn, Gwenan. Paid â phoeni, mae Gareth yn fachgen digon call."

Yna mi ganodd y ffôn.

"Ffacs," galwodd y Pennaeth o'r swyddfa.

Stopiodd Tecs yn stond.

"Y canlyniadau, syr?" gofynnodd Dei.

Nodiodd Tecs.

"Ydach chi'n mynd i'w rhoi nhw i ni fel roeddach chi wedi trefnu, syr?" holodd Olwen.

Edrychodd Tecs arni fel ceiliog wedi dychryn; doedd o'n amlwg ddim yn siŵr be ddylai fo 'neud. Yna, mi anadlodd yn ddwfn.

"Waeth i mi 'neud am wn i, fedran ni wneud dim i helpu Gareth nes byddan nhw wedi dod o hyd iddo fo. Dowch i 'ngweld i mewn rhyw ddeng munud, yn nhrefn yr wyddor."

Ac mi sgrialodd am dawelwch y swyddfa.

*

Roedd o'n deimlad afreal: pawb yn sefyllian yn y cyntedd yn hollol dawel, yn aros eu tro, ofn clywed eu canlyniadau, ofn clywed be fyddai hanes Gags. Daeth Olwen allan efo gwên: deg A, a thair yn serennog. Ro'n i'n falch drosti, ond yn damio hefyd. Mi ddoth Jason allan heb sbio ar neb, a mynd yn syth am ei stafell wely heb ddeud gair. Ro'n i'n teimlo drosto fo, ond yn falch hefyd a bod yn berffaith onest. O leia roedd 'na rywun arall wedi gwneud cyn waethed â fi. Dei wedyn: un A ar ddeg, pum seren. Ro'n i'n amau, y swot. Ond roedd o'n haeddu gwneud yn dda. Gwenan: 3 C a dyna'r cwbl roedd hi'n fodlon deud. Roedd ei llygaid hi'n goch, a'i dwylo hi'n crynu, ac ro'n i'n gwbod nad poeni am ei chanlyniadau roedd hi.

Wedyn, fy nhro i. Mi gerddais i i mewn a 'nghalon yn pwmpio cymaint 'swn i'n taeru ei bod hi ar fin saethu allan drwy f'asennau i. Roedd Tecs yn eistedd y tu ôl i ddesg y Pennaeth a llwyth o dudalennau ffacs o'i flaen. Mi gododd ei ben.

"A ... Llion. Dyma ni ..." ac mi estynnodd y dudalen i mi.

Allwn i'm gweld yn iawn i ddechrau, roedd y llythrennau'n un lobsgows mawr o flaen fy llygaid i. Wedyn, dyma'r niwl yn clirio. Ro'n i wedi pasio Cymraeg, a Saesneg a Maths – efo B – a Daearyddiaeth – efo A! Ro'n i wedi cael un A! Mi wnes i drio gwneud synnwyr o'r gweddill, ond ro'n i'n cael trafferth anadlu'n iawn.

"Da iawn, Llion," meddai Tecs. " Un A, pum B a thair C. Chwarae teg i ti."

Ges i awydd rhoi sws iddo fo am am fili-eiliad,

ond mi ddois i ataf fi'n hun, diolch byth, a mwmblan rhyw fath o ddiolch a'i heglu hi allan o'r stafell.

*

Pan ddois i allan, roedd Donna wrth y drws. Roedd 'na olwg uffernol arni. Ro'n i wedi anghofio am Gags, a rŵan ro'n i'n teimlo'n waeth. Mi wthiodd hi heibio i mi fel *zombie* ac anelu am Tecs – a chau'r drws yn glep ar ei hôl. Mi drois i sbio ar bawb yn y cyntedd. Roeddan nhw i gyd yn sbio'n hurt arna i.

"Ddeudodd hi rwbath?" gofynnais i yn y diwedd.

"Naddo," meddai Dei yn fflat.

"Doedd hi'm yn gallu sbio arna i!" meddai Gwenan. Doedd 'na'm byd ar ôl o'i hances hi erbyn hyn.

Pan agorodd y drws yn y diwedd, roedd 'na ddagrau yn llygaid Donna – ac roedd Tecs yn welw. Aeth Donna'n syth at Gwenan, ac mi gododd Tecs ei ben i siarad. Roedd llygaid pawb wedi eu hoelio arno fo. Roedd y tawelwch yn afreal.

"Newyddion drwg mae arna i ofn. Maen nhw wedi dod o hyd i Gareth ... Gags ... Mae'n rhaid ei fod o wedi mynd am dro yn y tywyllwch neithiwr. Ym ... mae'n rhy gynnar i ddweud be yn union ddigwyddodd." Roedd o'n amlwg yn cael trafferth i ddod at be roedd o am ei ddeud, a doedd o ddim yn gallu sbio i fyw llygaid neb. Mi lyncodd, a dechrau chwarae efo'i glust chwith. Caeodd ei lygaid nes roedd ei dalcen yn rhychau dyfnion. "Ond ... y ... ond mae Gags wedi marw."

Roedd y sŵn a wnaeth Gwenan yn arteithiol. Wna

i byth ei anghofio fo. Doedd o ddim yn sgrech, roedd o'n fwy dwfn na hynny. Roedd pawb arall yn hollol, gwbl fud. Allwn i'm meddwl yn iawn, roedd pob dim yn troi a throi yn fy mhen i, a ges i'r poen mwya ofnadwy y tu ôl i'n llygaid i. Ro'n i isio chwydu. Gags? Wedi marw? Unwaith 'rioed ro'n i wedi delio efo marwolaeth o'r blaen, a Taid oedd hwnnw. Ond roedd o'n 71, ac wedi bod yn sâl ers misoedd. Roedd hyn yn afreal, doedd o'm yn iawn. Doedd o'm yn bosib. Tydi pobol fy oed i ddim yn marw.

Mi drois i sbio ar Gwenan, gan ddisgwyl gweld dagrau am wn i, ond er ei bod hi'n edrych yn od, doedd hi'm yn crio. Hi oedd y cynta i ddeud rhwbath.

"Sut? Sut farwodd o?"

Roeddan nhw wedi dod o hyd i'w gorff o wrth droed y graig lle buon ni'n abseilio, lle 'nath merch y Plas ladd ei hun.

Nobi ofynnodd y cwestiwn oedd ar wefusau pawb: "Disgyn 'nath o?"

Edrychodd y staff ar ei gilydd cyn i Roger y Pennaeth ateb: "Mae'n debyg."

Edrychais ar Donna, edrychodd hithau arna innau, ond ddeudodd hi'm byd. Hi oedd wedi dod o hyd i'w gorff o.

*

Gawson ni byth wbod be ddigwyddodd yn iawn. Y cwbl ddoth allan o'r post mortem oedd ei fod o wedi marw'n syth. 'Marwolaeth trwy ddamwain' ddeudodd y papur newydd. A rhestru llwyth o stwff fel y ffaith ei fod o'n gapten pob dim ac yn ddisgybl poblogaidd efo dyfodol disglair. Roedd o wedi gneud reit dda efo'i DGAU hefyd. Dwy A a llwyth o Bs. Ond cheith o byth wbod.

Mi fuon ni i gyd yn yr angladd. Roedd o'n brofiad uffernol. Roedd Gwenan heb grio o gwbl nes iddi weld yr arch yn cael ei gollwng i'r bedd. Ddoth o i gyd allan ohoni fan 'no. Roedd o'n brifo i wrando arni. Doeddwn i'm isio gwrando arni, na'i gwylio'n mynd trwy hynna, ond allwn i'm peidio. Ro'n i'n teimlo fel *voyeur*, ac mor euog. Mae 'na rwbath magnetig am rywun mewn poen.

Mi 'nath Nobi grio hefyd, am hir, nes roedd ei lygaid o'n ddim.

Tad Olwen oedd y gweinidog, ac mi ddeudodd hi wrtha i wedyn fod mam Gags wedi deud wrth ei mam hi ei bod hi'n amau erstalwm ei fod o'n poeni am yr arholiadau, ond ei bod hi ofn codi'r peth efo fo. Doedd Gags ddim yn un am drafod ei deimladau.

Welais i Donna yno, ac mi ddeudodd wrtha i na ddylwn i boeni. Byddai pawb arall wedi deud yr un peth â fi y noson honno. Ond fi ddeudodd o, a fedra i'm peidio â meddwl ella y bydden ni wedi gallu dod o hyd iddo fo mewn pryd. Ond chawn ni byth wbod.

Dw i wedi penderfynu mynd 'nôl i'r ysgol i 'neud lefel A daearyddiaeth. Mae'r rhan fwya ohonan ni'n mynd 'nôl, ond mae Nobi wedi gadael. Tydi o'm yn siŵr be i 'neud nesa, ond mi fydd o'n iawn achos mae gan ei dad o fusnes adeiladu reit dda.

Maen nhw'n deud bod Gwenan wedi dechrau mynd efo Jason rŵan – gwallt melyn sy ganddo fo hefyd. 'Nath hi'm sbio arna i ar ôl yr angladd, a dw i'n meddwl 'mod i'n gwbod pam. Mae Olwen yn deud y daw hi drosto fo, gydag amser.

O ia, Olwen ... mi ddigwyddodd 'na rwbath rhyngddi hi a fi yn yr angladd. Dw i'm yn siŵr sut digwyddodd o'n iawn, ond mi wnes i afael yn ei llaw hi yn y fynwent. Roedd o'n teimlo fel y peth iawn i'w wneud rywsut. Od, a finnau 'rioed wedi dal dwylo neb o'r blaen, wel, ddim ar ôl i mi fod yn ddigon hen i ddallt fod gafael yn llaw dy fam ar y ffordd i'r ysgol feithrin yn beth pwfflyd i'w 'neud. Dw i wedi addo peidio â thynnu coes Olwen am ei phennau gliniau tew hi os 'neith hi beidio â thynnu ar fy nghoesau dryw i. Oes, mae gen i dipyn o feddwl ohoni, ond dw i'm wedi deud hynny wrthi. Ddim eto.

Does 'na neb yn fy ngalw i'n Llinyn Trôns rŵan. Mae pawb yn fy ngalw i'n Llion, pawb ond Olwen, ond dw i'm yn mynd i ddeud wrthach chi be mae hi'n fy ngalw i. Mae hynny rhyngddi hi a fi – ond mi fysai'i thad hi'n cael ffit.

'Dan ni i gyd yn mynd i fyny'r Wyddfa nos 'fory, ac yn mynd i aros i weld y wawr yn torri. Syniad Nobi oedd o, roedd o am iddo fo fod yn rhyw fath o ffarwel ola i Gags.

Ac mi rydan ni'n mynd i blannu coeden yng nghae'r ysgol, er cof amdano fo.

Dw i wedi dysgu cymaint. Amdanaf fi'n hun ac am bobol eraill. Ac yn bendant, dw i wedi sylweddoli pa mor werthfawr ydi bywyd. Dw i'n un o'r rhai lwcus, dw i yma, a dw i'n iach. Ond mi allai 'mywyd i ddod i ben unrhyw adeg, a dw i ddim yn bwriadu gwastraffu eiliad arall ohono fo. Mae arna i hynna i Gags.

Nofelau cyntaf dwy drioleg newydd, gyffrous:

Y MELANAI

EFA

'Rhoddaf i ti fy nghoron, fy ngwlad a fy mywyd.'

Bethan Gwanas

£5.99

'Dwi'n mynd i Gymru. Ti'n dod gyda fi?'

YMA:
YR YNYS

LLEUCU ROBERTS

y Lolfa

£5.99